Amira Ben Saoud

Schweben

Roman

Paul Zsolnay Verlag

Mit freundlicher Unterstützung der Kulturabteilung
der Stadt Wien

Stadt Wien | Kultur

Die Autorin erhielt für die Arbeit an diesem Roman 2021/22 das Hans-Weigel-Literaturstipendium des Landes Niederösterreich und 2021 ein Projektstipendium für Literatur der Stadt Wien.

1. Auflage 2025

ISBN 978-3-552-07520-7

Satz: Nele Steinborn, Wien
Autorinnenfoto: © Erli Grünzweil
Umschlag: Anzinger und Rasp, München
Motiv: KI-generiert/Midjourney
Druck und Bindung: GGP Media GmbH, Pößneck
Printed in Germany

FSC
www.fsc.org
MIX
Papier | Fördert gute Waldnutzung
FSC® C014496

Vorspiel: Drinnen

Sasha saß an eine Fichte gelehnt auf dem Waldboden und nestelte an ihrer Waffe herum. »Lass das«, ermahnte sie Luis. Aber Sasha hörte nicht auf ihn oder hatte ihn nicht gehört. »Sash«, rief Luis und schlug ihr mit dem Handrücken leicht gegen die Schulter. »Ist eh nicht geladen«, nuschelte Sasha. Sie hielt die Augen fest geschlossen. »Bist du verrückt«, fuhr er sie an, »was ist, wenn wir unsere Pflicht tun müssen?« Sasha öffnete die Augen, nur um sie zu verdrehen.

Noch nie war es vorgekommen, dass die Pflicht getan werden musste; so nannte man die Order, jeden, der sich den Grenzen der Siedlung von außen näherte, sofort zu erschießen. Und es würde nicht vorkommen, war Sasha sich sicher. Niemand wollte in diese Siedlung. Das System, das behauptete, das hier wäre einer der wenigen schönen, lebenswerten Orte auf der Welt, log doch. Wenn es so wäre, müsste es doch irgendwann einmal jemand, der sich nach einem besseren Leben sehnte, probieren. Tat aber keiner. Wahrscheinlich war es in den anderen Siedlungen viel schöner, also gab es für ihre Bewohner gar keinen Grund auszuwandern, dachte Sasha.

Es war aber nicht der Neid, der sie an das Draußen und seine Bewohner denken ließ, sondern die Neugier. Sie wollte nur gerne mal einen von ihnen sehen. Wenn die Lastwägen, die die Waren zwischen den Siedlungen hin- und hertransportierten, kamen, setzte sie sich manchmal auf einen der Hochstände und versuchte durch ihr Fernrohr die Gesichter der Fahrer auszumachen, aber bevor sie etwas erkennen hätte können, verschwanden die Lastwägen schon im Stützpunkt. Also blieb ihr nichts anderes übrig, als sich auszumalen, wie die Menschen aus den anderen Siedlungen wohl aussahen. Jene, die daher stammten, wo das Eisen produziert wurde, stellte sie sich mit besonders harten Zügen vor, die, die mit Öl handelten, irgendwie schmierig, die mit der Kohle verstaubt, und die mit den Medikamenten trugen immer weiße Kittel und Brillen. Natürlich wusste Sasha, dass das Unfug war, aber ihrer Fantasie war das egal. Sie schaute Richtung Grenze, sah aber nur die Umrisse der Bäume in der Dunkelheit.

»Drehen wir halt eine Runde«, sagte sie endlich zu Luis. Sie wartete gar nicht auf seine Antwort und ging voran. Nach wenigen Minuten blieb sie plötzlich stehen. Luis, der seine Augen nie dort hatte, wo sie sein sollten, lief direkt in Sasha hinein. »Jetzt pass doch mal auf«, sagte sie und drehte sich zu ihm um, um ihn böse anzufunkeln, doch die beiden blendeten einander nur mit ihren Stirnlampen. »Wieso bleibst du denn stehen«, schimpfte Luis.

»Sei mal still, hörst du das nicht«, flüsterte Sasha aggressiv.

Und wirklich, auch Luis vernahm nun Geräusche. Sofort brachte er seine Waffe in Anschlag. Sasha hatte ihr nutzloses Gewehr lässig umgehängt. Sie hatte kein schlechtes Gewissen. Luis war zwar im Allgemeinen unglaublich tollpatschig, hatte aber eine Begabung für zielgenaues Schießen. Wenn die dreißig Schuss aus seiner Waffe gegen welche Gefahr auch immer nicht ausreichen würden, dann täten es sechzig auch nicht.

Sie schlichen weiter, bis sie in einiger Entfernung zwei Gestalten bemerkten – und auch sie waren den Gestalten aufgefallen. Nach einer Sekunde absoluter Stille, in der beide Parteien einander studierten, sprinteten die beiden Gestalten davon.

»Stehen bleiben«, schrie Luis und gab einen Warnschuss ab. Sasha lief ihnen hinterher, sie war sich sicher, dass es sich nicht um Eindringlinge von draußen handelte, nein, sie hatte eine viel schlimmere Ahnung. Nach einigen Minuten kam sie völlig außer Atem zurück. »Hab sie verloren«, hechelte sie. Luis stand nun da, wo die beiden Gestalten zuvor gestanden hatten, kreidebleich. Er ließ das Licht seiner Stirnlampe langsam über den Boden gleiten. Da lag ein Mensch, nachlässig mit ein paar Ästen bedeckt. Ein leichtes Röcheln verriet, dass er noch lebte. Sasha kniete sich hin und begann den fast nackten und schwer geschundenen Körper vom Astwerk zu befreien. Kein schöner Anblick. Es mussten mehrere gewesen sein, die das angerichtet hatten. »Sollen wir einen Arzt holen?«, versuchte es Luis.

Sasha hatte mit ihrer Befürchtung recht gehabt. Ihr schlug das Herz bis zum Hals, sie konnte nicht antworten. Das linke Auge des Buben war zugeschwollen und blutunterlaufen, mit dem anderen versuchte er zu fokussieren, suchte ihren Blick. Sie hatte ihn schon einmal irgendwo gesehen, wo war das nur gewesen? Als sie ihm mit ihrer Hand über die Haare streichelte, vermengte sich verkrustetes Blut mit frischem. Das Röcheln wurde leiser, hörte aber nicht ganz auf.

»Verdammte Scheiße«, sagte Luis und, nachdem er kurz auf und ab gegangen war, »ich hole Verstärkung.« Er wollte schon loslaufen. »Warte«, sagte Sasha, stand auf und ging einen Schritt zurück. Sie hatte entschieden. »Mach die Augen zu, wenn du willst.« »Was? Wieso?«, fragte Luis, tat aber schon, was sie sagte. Sasha nahm ihr Gewehr und holte aus. Mit der schönen Schulterstütze aus Holz schlug sie, so fest sie konnte, auf den Kopf des Jungen. Es knackte, dann war Ruhe. »Du hast ihn umgebracht«, flüsterte Luis. Und als wüsste Sasha nicht, was sie gerade getan hatte, setzte er ein »das ist Gewalt!« hinterher, das unfassbar unbeholfen klang.

Sasha sammelte sich, dann sagte sie: »Hör mir gut zu. Was du gerade gesehen hast, war keine Gewalt, sondern das Gegenteil davon. Es war ein Gefallen, er hätte nicht überlebt.« Es war eine glatte Lüge, man hätte ihn wohl retten können, aber was der Bursche dann bei den Behörden erzählt hätte, hätte sie alle in Gefahr bringen können. Selbst wenn er nichts erzählt hätte – sein Zustand allein sprach bereits gefährliche Bände. »Aber …«, sagte Luis, Tränen in den Augen. »Reiß dich zusammen«, zischte Sasha. »Egal, was hier wirklich passiert ist, sie werden es uns anhängen. Sie werden sagen, dass wir es waren, die ihn totgeprügelt haben. Dann müssen wir ins Exil! Willst du ins Exil? Willst du sterben, Luis? Was würden deine Eltern sagen? Deine kleine Schwester?« Sie zog alle Register, bald würde sie nicht nur Luis, sondern sogar sich selbst davon überzeugt haben, dass es richtig war, was sie getan hatte. Luis begann langsam zu nicken. »Du erzählst es niemandem, ja?«, fragte sie. »Ich erzähle es niemandem«, antwortete er. »Gut, Luis, alles gut. Schick mir Anouk. Sie soll Schaufeln bringen. Und dann gehst du nach Hause und vergisst das.« Nachdem Luis sich umgedreht hatte, reckte es Sasha.

Anfangs war es nur eine Art Zeitvertreib gewesen, eine Form von Mutprobe, der Kitzel, etwas Verbotenes zu tun. Man war vorsichtig an die Sache herangegangen, hatte einander nur dort verletzt, wo man es kaum sehen konnte, oder an Stellen, die durch kleine Unfälle, wie vom Rad fallen, leicht zu erklären waren. Aber das Spiel hatte sich schnell verbreitet, und je mehr

Jugendliche es spielten, desto mehr Gruppen bildeten sich. Jede schwor auf eine andere Form der Gewaltausübung und verschrieb sich ihrer Perfektionierung. Die einen verwendeten Unterlagen. Man legte einander zum Beispiel Schneidbretter auf den Bauch, bevor man auf jemanden eindrosch. So sollten sich die Spuren der Gewalt besser verteilen, weniger eindeutig zuordenbar sein. Andere arbeiteten mit nassen Handtüchern, die sie sich um die Fäuste wickelten, bevor sie einander schlugen, wobei sie das Gesicht aussparten, und wieder andere verwendeten Wachs, das sie einander auf die Körper träufelten.

Gemein war allen das Ritualhafte, die Disziplin, die es dafür brauchte. Trotzdem musste man schon sehr naiv sein, um nicht vorauszusehen, dass irgendwann nicht mehr die Jugendlichen die Gewalt als Instrument benutzen würden, sondern die Gewalt sie. Dass diese Spielchen aus dem Ruder laufen würden, dass jemand übermütig werden und es zum Äußersten kommen würde. Es war nicht leicht, jemanden nicht umzubringen, wenn man schon einmal dabei war. Sasha war das immer klar gewesen, und deswegen hatte sie nur ganz am Anfang mitgemacht und aufgehört, noch bevor sie in die falschen Kreise geriet oder süchtig werden konnte. Sasha war eine vernünftige junge Frau. Trotzdem lag nun die erste Leiche zu ihren Füßen, wurde zu ihrer Verantwortung. Luis hatte keine Ahnung von den Gewaltspielen. Er war noch ein bisschen zu jung, um eingeweiht zu werden. Er konnte einfach weggehen, während Sasha ihr Wissen hier festhielt.

Anouk kam immerhin schnell, sie brauchte keine Viertelstunde und brachte zwei Schaufeln. Sie hatte Tränen in den Augen und zitterte am ganzen Leib, schwächelte dann beim

Graben, tat es halbherzig und viel zu langsam. »Meine Güte«, sagte Sasha. Sie gruben weiter, bis Sasha ein Geräusch hörte und sich panisch umdrehte. »Es ist nur Juri«, sagte Anouk.

Der hatte Sasha gerade noch gefehlt. Juri versuchte die Lage einzuschätzen und nahm dann mit einem leichten Kopfschütteln, das er sich nicht verkneifen konnte, Anouk die Schaufel aus der Hand. Anouk fuhr ihn an: »Kannst du irgendetwas sagen …« Sasha unterbrach sie: »Wieso hast du ihn dazugeholt, er wollte von Anfang an nicht dabei sein.« »Weil er mein Freund ist«, sagte Anouk. »Weil er mein Freund ist«, äffte Sasha sie nach. Anouk verschränkte die Arme. »Komm, geh nach Hause, ich mach das schon«, sagte Juri zu ihr. Warum musste er immer so gönnerhaft klingen, dachte Sasha. Anouk drehte sich beleidigt um und stapfte davon.

Nun gruben Juri und Sasha. Sie kamen schnell voran, weil alles, was die beiden zusammen taten, den Charakter eines Wettbewerbs hatte. So war es immer gewesen. Als die gewünschte Tiefe erreicht war, zogen sie den leblosen Körper ins Grab und begannen, es wieder mit Erde zuzuschütten. Die zwei flüchtigen Gestalten, die für die Beseitigung dieses ersten Opfers zuständig gewesen waren, hatten immerhin eine gut versteckte Stelle ausgesucht, auf die die Siedlungsbewohner bei ihren Spaziergängen nicht so leicht stoßen würden. Ob die Nächsten so klug sein würden, bezweifelte Sasha; sicher war sie sich, dass es Nächste geben würde. Nachdem sie das Grab mit Ästen bedeckt hatten, standen sie da, ohne etwas zu sagen, bis es langsam unangenehm wurde.

»Wir waren das nicht, nur dass das klar ist«, fing Sasha an, obwohl das nur die halbe Wahrheit war. Zwar waren sie nicht an dem Spiel beteiligt gewesen, das den Burschen so zugerichtet hatte, sein Tod ging aber auf ihre Kappe. Das musste Juri aber nicht wissen. Sein abschätziges »Ich will es eigentlich gar nicht wissen« hätte er sich trotzdem sparen können. »Was willst du hören?«, fuhr Sasha ihn an.

»Nichts will ich hören. Kriegt das einfach unter Kontrolle«, antwortete er, obwohl er genau wusste, dass es dafür längst zu spät war.

»Ich kenne den Burschen nur vom Sehen, ich weiß nicht einmal, in welcher Gruppe er war, ob er überhaupt in einer Gruppe war. Es hat sich komplett verselbstständigt, sie machen es jetzt überall. Wenn sich das häuft, dann kommt es raus, und dann sind wir alle dran – du auch.«

»Ich hab doch nicht mal mitgemacht!«, sagte Juri etwas entrüsteter, als er es vorgehabt hatte.

»Ja, aber dagegen hast du auch nichts getan.«

»Was hätte ich denn … Sag mal, drohst du mir jetzt?«

Nein, drohen wollte sie ihm nicht. Außerdem wusste sie, dass es sinnlos war, sich gegenseitig Vorwürfe zu machen. Ihre Wut, die ja nicht einmal Juri galt, schlug plötzlich in Verzweiflung um. Sie versuchte durchzuatmen, aber da kamen ihr schon die Tränen. Juri wurde sofort weich. Er legte seinen Arm auf ihre Schulter: »Sash, sie können uns nicht alle exilieren, wie sieht denn das aus? Und wenn sie jemanden exilieren, dann werde das nicht ich sein, und du wirst es auch nicht sein. Dafür sind wir doch zu klug, hm? Dreh mal nicht durch!«

Sasha musste lachen. Auch Juri lächelte, obwohl ihm nicht gerade danach war.

Eins

1

Der Trick besteht darin, die Finger aus den kleinen Handbacköfen herauszuziehen, genau bevor der Schmerz einsetzt. Sobald man nur den leisesten Anflug von Wärme spürt, geht es um Zehntelsekunden. Reagiert man nicht rechtzeitig, verwandelt sich die Wärme in einen brennenden Schmerz, der von den Fingerspitzen aus den ganzen Körper durchfährt.

Ich war wieder nicht schnell genug gewesen, Merve war es nicht entgangen. Ihr rechter Mundwinkel verzog sich zu einem kleinen, fiesen Lächeln. Sie sagte nichts, ich sagte nichts. Ihre Hündin saß wie immer in ihrem Körbchen und schaute mich aus ihren verspiegelten Knopfaugen herablassend an.

Wir waren erst bei der ersten Gelschicht, es würde noch lange dauern. Zuerst werden die einzelnen Finger in spitz zulaufende Schablonen eingeklebt, dann wird die erste Schicht Gel aufgetragen, die man zur Aushärtung in die kleinen Geräte steckt. Nach der Aushärtung wird gefräst und gefeilt, mit der Maschine und händisch, manchmal bis das Nagelbett blutet. Dann wird die brennende Tinktur daraufgeträufelt, die die Blutung stoppt, worauf die nächste Schicht Gel und das nächste Aushärten folgen, und wenn man nicht schnell genug ist, der nächste stechende Schmerz. Ein schrecklicher Zyklus.

Vor dem Termin bei der Maniküre waren meine Nägel abgebissen gewesen wie die von Ona, weil es bei meiner Arbeit um diese Art von Details geht. Ja, man muss auch die Intonation, die Wortwahl, die Bewegungen, Mimik und Gestik der Person, die man darstellt, beherrschen; zuerst muss aber das Aussehen stimmen. Unreine Haut und schuppende Haare oder glatte Haut und ein glänzender Schopf, perfekte Maniküre oder abgebissene Nägel. Niemand kann sich der Oberfläche entziehen.

Normalerweise hätte ich meine Nägel einfach wachsen lassen, bis sie so lang gewesen wären wie die der Frau meines potenziellen neuen Klienten, aber das hätte mindestens einen Monat gedauert. Diese Zeit hatte ich nicht; ich musste schnell zu überzeugenden Ergebnissen kommen. Gil, der mir geschrieben hatte, weil »ich ihm vielleicht helfen könnte«, war ungeduldig.

Das Entsetzen stand ihm ins Gesicht geschrieben, als er mich zum ersten Mal sah. Er konnte sich nicht vorstellen, wie aus mir, die ich noch Ona war, jemals seine Frau Emma werden sollte. Oberflächlich hätte der Kontrast zwischen Ona und Emma auch kaum größer sein können. Emma war Perfektion. Zumindest auf den Bildern, die mir Gil geschickt hatte. Nicht so sehr im Sinne von Schönheit, obwohl sie gut aussah. Perfektion im Sinne des Gegenteils von Schlampigkeit, die Ona verkörperte. Onas Haare zum Beispiel waren trocken, die rote Färbung fast schon rausgewachsen – mühsam muss man diesen durch Nachlässigkeit erreichten Zustand künstlich herstellen –, während Emma einen dunkelblonden, kinnlangen Pagenschnitt trug, bei dem jedes Haar so geschniegelt war, als hätte es ein Bewusstsein darüber, dass es Teil einer Frisur war.

Ona war abgemagert, Emma dagegen schlank, aber prall. Es würde mir Disziplin abverlangen, diesen Körper zu meinem zu machen, aber die eigentliche Arbeit würde erst danach beginnen. Ich musste nicht nur herausfinden, wer Emma war, sondern wer sie für Gil war. Was hatte Emma, was hatte diese kaputte Beziehung ihm gegeben, dass er sie in Form eines Rollenspiels wiederauferstehen lassen wollte?

Dass mich Klienten beim Erstkontakt fast schon abschätzig vermaßen, wie auch Gil es getan hatte, konnte mir nichts mehr anhaben. Ich war diese Blicke gewohnt. Seit mehr als einem Jahrzehnt wurde ich so angesehen. Seit mehr als einem Jahrzehnt tat ich nichts anderes, als mich in andere Frauen zu verwandeln und ihre Rollen einzunehmen. Diesen Beruf, den ich für mich erfunden hatte, nannte ich »Begegnungen«, und ich war gut darin. Ich hatte also keine Zweifel, dass ich schon bald eine passable Emma abgeben würde.

Nach dem Termin bei Merve ging ich in den zweiten Stock des Komplexes, wo man die Kleidung kaufen konnte, ging von Geschäft zu Geschäft und strich über die Kleider, Hosen und Röcke aus Viskose, die in der Siedlung hergestellt wurden. Mir fielen ein paar Stücke ins Auge, die Emma wohl gefallen hätten. Ich kaufte aber nichts.

2

Früher, als die Busse noch häufiger und verlässlicher gekommen waren, hatte ich mich hineingesetzt und war Runden gefahren, hatte besonders die Frauen beobachtet, Gesten notiert, auf Redeweisen geachtet. Nun waren die Busse selten und fast leer. Auch ihre Routen waren unvorhersehbar geworden, die Endstationen beliebig. Ich hatte mir daher andere Routinen angewöhnt, die mir dabei halfen, zu einem neuen Menschen zu werden. Beim Spazierengehen oder Radfahren ging es ganz gut. Oft verschlug es mich zu den Buden meiner Zone, kleine Geschäfte, die aus einem kleinen Verkaufsraum und einem Lager bestanden und sich nur durch die Farben ihrer Fassaden unterschieden. Alle Siedlungsbewohner waren einer bestimmten Zone und innerhalb dieser Zone einer Bude zugeordnet, in der sie für den täglichen Bedarf einkaufen sollten, zumindest den Großteil. Ich plauderte dann mit dem Besitzer meiner Bude, dem roten Radan, aber auch mit den anderen wie der blauen Manthe, dem gelben Milo, dem grünen Wim und mit jenen, deren Fassaden weniger prägnante Farben hatten; vor allem ging ich aber wegen der Huren dorthin, denn die lagerten in Kleingruppen vor den Buden und warteten auf ihre Kunden. Immer riefen sie mich mit dem ersten Frauennamen herbei, der ihnen einfiel. »Nives, he, was machst du?« »Wera, he, Wera!« »Wie geht's, Mei?« Dann dachte ich mir spontan eine Lebensgeschichte aus, passend zum gerufenen Namen, und antwortete dementsprechend. Manchmal warfen sie mir auch ein Stöckchen, indem sie die zu erzählende Geschichte gleich in die Richtung, in die es gehen sollte, lenkten. Sie sagten dann Dinge wie: »Na, Eva, wie läuft's in der Fabrik?« oder »Lou, wie geht's dem Papa?« oder »Asra, hattest du heute wieder einen Fetten?«, wobei ich mir dann aussuchen konnte, ob ich Ärztin oder Masseuse, Schneiderin oder selbst Hure war. In dieser Rolle plauderte ich dann mit ihnen. Das war eine gute Übung.

Manchmal ging ich runter zu Olav, unserem Hausmeister, der das Lokal im Erdgeschoss führte. Kurz bevor er aufsperrte, setzte ich mich an die Bar und unterhielt mich mit ihm und seinen ständig wechselnden Kellnerinnen, während sie Gläser polierten und Inventurlisten durchgingen. Olav sprach fast ausschließlich über Dinge, die im Haus zu reparieren waren, und darüber, in welcher Reihenfolge er vorhatte, das zu tun oder tun zu lassen. Seine Kellnerinnen sprachen dagegen kaum. Sie waren allesamt dürre Mädchen unter achtzehn, mit blond gefärbten Haaren und O-Beinen, hängenden Schultern und glasigem Blick. Alle sahen aus, als wäre ihnen vor langer Zeit, vor ihrer Geburt noch, etwas Schreckliches zugestoßen, dessen Nachbild sie immer wieder unvermutet einholte. Es kam mir so vor, als ob die jungen Frauen einander in den letzten Jahren immer ähnlicher geworden wären. Wäre ich später geboren worden und hätte denselben Beruf gewählt, hätte ich mich vielleicht nur in eine von ihnen verwandeln müssen, um alle zu sein.

3

Auch das Museum für Naturkunde war zu einem meiner Orte geworden. Es warb mit dem Satz »Werden Sie Naturkunde«, der auf einer ausgeblichenen Plane über dem Eingang hing, für seine Jahreskarten. Der Satz kam mir ziemlich oft in den Sinn, dann musste ich ihn immer sofort aussprechen, ganz leise. Schon beim ersten Mal, als ich ihn gelesen hatte, hatte er mich überzeugt, mir sofort eine dieser Jahreskarten zu besorgen, auf denen verschiedene ausgestorbene Tiere abgebildet waren. Meine zierte ein kleiner Eisbär, der auf einer Scholle sitzend dem Ende seiner Spezies entgegengähnte.

Der Museumsbau stammte aus dem Davor, aus einer Zeit, in der die Siedlung noch nicht die Siedlung war. Seine Architektur aus hellem, plumpem Beton wollte sich nicht recht in die ihn umgebenden Holzbauten einfügen. Obwohl man diese später und mit Rücksicht auf ihn geplant hatte, blieb er ein Fremdkörper. Ich hatte nie verstanden, warum das System das Museum nicht längst für etwas anderes nutzte oder den Bau nicht überhaupt niedergerissen hatte, denn eigentlich war es verboten, sich mit der Vergangenheit zu beschäftigen. Das gehörte zu den wenigen Regeln, die es in der Siedlung gab: kein Streben nach mehr, keine Akkumulation von Wissen um das Davor und Draußen. Verstöße gegen diese beiden Regeln wurden allerdings kaum geahndet, einzig die Ausübung von Gewalt wurde hart bestraft. Es war das älteste Verbot, angeblich so alt wie die Siedlung selbst.

Übte man Gewalt aus, konnte man im äußersten Fall sogar exiliert werden. Dann hatte man über die Grenze zu gehen, ins Niemandsland, wo man verdursten und verhungern würde, wenn einem nicht ein wildes Tier ein schnelleres Ende bereiten würde. Es gab auch Verrückte, die die Siedlung freiwillig verließen, weil sie sich von haltlosen Gerüchten, dass es anderswo besser sei, dazu verleiten ließen. Beweise dafür, dass es irgendjemand mal in eine andere Siedlung geschafft hätte, gab es keine. Wahrscheinlich taten die Leute in den anderen Siedlungen genau dasselbe wie wir: Eindringlinge sofort liquidieren.

Das war auch die einzige Ausnahme für die legale Anwendung von Gewalt: die Siedlung vor Eindringlingen zu verteidigen. Dass jemand tatsächlich in die Siedlung hatte eindringen wollen, war meines Wissens aber noch nie vorgekommen, und ich bezweifelte, dass die Jugendlichen, die für den Grenzschutz zuständig waren, überhaupt wussten, wie sie die Waffen, die sie mit sich herumtrugen, im Ernstfall zu benutzen hatten.

Wenn sie nicht im Dienst waren, lungerten einige von ihnen mit ihren Freunden gern bei den Buden herum, am liebsten bei jenen vor dem großen Abgrund im Norden, der als Müllhalde der Siedlung diente. Dass es dort bestialisch stank, schien sie nicht sonderlich zu stören. Wenn einer eine Flasche ausgetrunken hatten, warf er sie in hohem Bogen über den Abgrund. Bevor die Jugendlichen diesen Platz für sich entdeckt hatten, hatten sie sich einige Jahre lang in der Nähe des Wasserkraftwerks herumgetrieben. In meiner Jugend hatte man meistens auf einer der drei Brücken gesessen, die über den Fluss, der mitten durch die Siedlung verlief, führten. Jede Generation schien andere Präferenzen zu haben, aber immer gab es einen Hauptort und Nebenorte. Die verschwenderisch breiten Stiegen des Museums waren schon in meiner Jugend ein Nebenort gewesen.

Wenn ich ins Museum ging, blieb ich gern in einiger Entfernung stehen und beobachtete, wie sie dasaßen und kollektiv nichts taten. Trotzdem gab es eine Hierarchie, und sie war leicht erkennbar. Die Grenzer waren automatisch wichtiger und populärer als die anderen.

Und trotzdem schienen sie den schiefen Juri von allen am meisten zu respektieren, obwohl er weder Waffe noch Uniform trug. Er arbeitete im Museum und stellte sich manchmal in seinen Pausen zu ihnen. Mit seinen ungefähr zwanzig Jahren war er zwar kaum älter als die anderen, wirkte aber so ernst und verantwortungsvoll, als wäre er ihr Vorgesetzter. Juri musste manchmal Aufsichtsdienste leisten, und dann erzählte er den Besuchern gern von Komodowaranen und Ameisenkolonien. Ich liebte diese Geschichten, besonders aber, wie er sie mir ins

Ohr flüsterte, um die wenigen anderen Besucher nicht zu stören. Sein Atem fühlte sich genau so an wie der Dampf aus den Maschinen im Komplex, die die Poren bei der Gesichtsbehandlung öffneten. Ich fragte mich, ob seine schmalen Lippen auch die Ohrläppchen anderer Menschen streiften, wenn er sich, groß wie er war, zu ihnen abseilte, oder nur meines. Und ob auch andere Menschen wegen so einer Berührung einmal ihre Lippen auf seinen Mund gedrückt hatten oder nur ich.

4

Ona war ein guter Auftrag gewesen, weil sie leicht zu fassen und der Konflikt mit ihrer Mutter, meiner Klientin, durchschaubar war. Sie hatte keinerlei besondere Fähigkeiten. Außer ihre schwer kopierbare Nichtfrisur hinzukriegen, gab es für mich wenig zu tun. Abgemagert genug war ich bereits, da die Frau, die ich davor gespielt hatte, Sibel, ihrem Körper alles an Masse entzogen hatte, was möglich war – in der Hoffnung, sich irgendwann aufzulösen. Ich verdiente zwar mit Ona nicht viel Geld, hatte aber einige Tage in der Woche frei. Das fühlte sich gut an, obwohl ich nicht wirklich wusste, was ich mit der gewonnenen Zeit anfangen sollte. Das Spazieren im Wald, das die meisten Siedlungsbewohner so liebten, reizte mich nicht sonderlich, vermutlich hatte ich meine Besuche bei Juri im Museum deswegen zuletzt intensiviert. Mir war einfach langweilig.

Obwohl Ona schon 27 war, benahm sie sich noch immer wie ein kleines Mädchen, ganz Konfrontation – eine banale Übung, die mich kaum forderte. Das Problem war allerdings – und das kam gerade in Eltern-Kind-Beziehungen immer wieder vor –, dass ihre Mutter mit der Zeit keine reine Nachstellung der Situation mehr wollte. Doch bei den Begegnungen geht es nun einmal um Nachstellung. Authentizität ist das Wichtigste: Die wechselseitigen Abhängigkeiten einer Beziehung, die zugefügten und empfundenen Schmerzen müssen so realitätsgetreu wie möglich wiedergegeben werden. Onas Mutter, die ursprünglich den Eindruck erweckt hatte, genau das zu wollen, entpuppte sich schließlich doch noch als eine, die auf eine Versöhnung hinarbeitete, sich nach Vergebung sehnte, die ich ihr anstelle ihrer Tochter verschaffen sollte. Ich musste die Begegnung also abbrechen; verzeihen hatte ich nicht im Angebot.

Es war immer mühsam, wenn ich einen Klienten verlor. Zwar hatte ich im Laufe der Zeit gelernt, mich zumindest finanziell abzusichern – dauerte eine Begegnung weniger als zwei Monate, mussten beide Monate bezahlt werden, beziehungsweise behielt ich das Geld ein, da ich es mir im Vorhinein auszahlen ließ –, aber die fordernde äußerliche und innerliche Verwandlung war dann umsonst gewesen. Außerdem musste ich mir einen neuen Auftrag besorgen.

5

Früher war an Aufträge zu kommen mein geringstes Problem gewesen. Genügend Menschen verblieben gerne in ihren selbstzerstörerischen Gewohnheiten, waren besessen von dem, was ihnen nicht guttat. Wer sich das eingestehen konnte und Bedarf an meinen Diensten hatte, hatte mich immer von selbst gefunden. Ich war verwöhnt gewesen, eigentlich hatte es so gut wie immer deutlich mehr Anfragen – interessante noch dazu – gegeben, als ich hatte bedienen können. Zumal ich immer nur einen Klienten betreuen konnte, den dafür intensiv. Mindestens zwei Treffen pro Woche mussten es sein, um den gewünschten realitätsgetreuen Effekt zu erzielen – die Vorbereitungszeit von zumindest zwei Wochen, öfter aber bis zu eineinhalb Monaten, noch nicht eingerechnet. In den letzten Jahren waren die Anfragen dann zurückgegangen, am Anfang nur leicht, dann aber immer deutlicher. Ich nahm es zur Kenntnis, als etwas, das ich nicht beeinflussen konnte, das mir aber Sorgen bereitete. Ich dachte immer öfter darüber nach, die Begegnungsarbeit aufzugeben, aber ich hatte nicht besonders viele andere Qualifikationen. Vielleicht könnte ich in einer Bar arbeiten, wie Olav sie hatte, irgendetwas ließe sich wahrscheinlich auch in einer der Fabriken finden … Ich bezweifelte aber, dass mich das erfüllen würde.

Ich hatte zwar genug Geld gespart, um einige Zeit gar nicht arbeiten zu müssen, aber der Gedanke, dass ich mir früher oder später einen ganz neuen Beruf suchen müsste, hatte sich längst in meinem Kopf ausgebreitet. Ich versuchte mir zu sagen, dass eine Veränderung vielleicht gar nicht so schlecht wäre, meinem Körper sicher guttun würde, denn die Verwandlungen gingen nicht mehr so spurlos an mir vorbei wie in meinen Zwanzigern. Das ständige Ab- und Zunehmen, das Färben der Haare, das längst seine irreparablen Schäden an den Wurzeln hinterlassen hatte und mich unter der Dusche mit Büscheln in den Händen stehen ließ, die Schminke und die Irritationen, die sie verursachte, die Schminke, die es brauchte, um die Irritationen zu kaschieren. Das ständige Träumen von verfaulenden Zähnen in meinem Mund, von wackelnden, von ausfallenden Zähnen, von Zähnen in Blut: Es erschwerte mir das Einschlafen, machte die Nächte unruhig und die Morgen trübe. Mir fiel dieselbe Müdigkeit an mir auf, die ich früher nur an anderen wahrgenommen hatte. Die zufallenden Augen, die ich bei den Menschen auf den Straßen gesehen hatte, sah ich nun im Spiegel.

Für alle Anfragen, die ich bekam – unabhängig davon, ob ich sie annahm oder nicht –, legte ich ein Kärtchen an. Nach so vielen Jahren Praxis war es relativ leicht, zu entscheiden, welche Aufträge in Frage kamen und welche nicht. Man merkte schon an den Formulierungen, ob die potenziellen Klienten verstanden hatten, was ich anbot und was sie von mir nicht haben konnten. Dann mussten natürlich auch noch die körperlichen Voraussetzungen bei den Frauen, die ich nachspielen sollte, stimmen: Mit viel Vorlaufzeit konnte ich zwar zunehmen, wachsen aber nicht; ich konnte nicht sehr viel jünger oder sehr viel älter werden; außergewöhnlich markante Gesichtszüge oder große Narben waren nur theoretisch nachstellbar, denn sie zu schminken war zu aufwendig und kaum alltagstauglich. Also lehnte ich auch solche Aufträge, wenn sie denn überhaupt an mich herangetragen wurden, ab.

Öfter, als ich ablehnen musste, hätte ich aber zusagen können. Ich war mit einem äußerst durchschnittlichen Aussehen gesegnet, einer dieser Menschen, die einfach in der Menge untergehen, mit einem wandelbaren Gesicht und Körper.

Es gab zu dem Zeitpunkt, als ich Onas Mutter aufgeben musste, nur drei aktuelle Kärtchen, zwei davon nicht machbar, weil verstorbene Menschen nachgespielt werden sollten; auch das ist ein Dienst, den ich nicht anbiete. Ich kann zwar nicht genau sagen, was mich davon abhielt, aber allein der Gedanke, die Toten wiederzubeleben, bereitete mir Unwohlsein.

6

Auf dem dritten Kärtchen hatte ich die Anfrage von Gil notiert inklusive seiner Formulierung, dass ich ihm vielleicht helfen könnte. Schon beim ersten Mal musste ich grinsen, als ich sie las. Wenn ich mir einer Sache sicher war, dann, dass ich mit meinen Diensten niemandem half. Ich verlängerte die Qual einer kaputten Beziehung und ließ mich dafür bezahlen; Hilfe im eigentlichen Sinne war das keine. Aber es war das, was meine Klienten wollten. Das, was Gil wollte.

Die Anfrage an sich entsprach meinen Kriterien, ich hatte sie nur zuerst nicht annehmen wollen, weil beim Nachspielen von romantischen Beziehungen immer noch die Ebene der Sexualität dazukam. Das Vögeln an sich störte mich nicht, das Problem lag eher darin, dass mir die Klienten oft keine konkreten Anweisungen gaben. Das Thema war für viele zu schambehaftet. Sie wollten, dass ich von selbst erriet, wie ich mich verhalten sollte, und das ging nicht immer auf Anhieb gut.

Ich war nun aber schon 31, also in einem Alter, in dem die Partnerin zu spielen näher lag als die Tochter. Schwesternnachstellungen waren kaum gefragt, eine beste Freundin war überhaupt nur einmal vorgekommen. Die Aufträge, die ich in Zukunft erhalten würde, wenn ich überhaupt noch Aufträge erhielt, würden also eher solche sein, bei denen es um romantische Beziehungen ging; auch damit wollte ich mich nicht mehr lange arrangieren müssen.

Vorerst setzte ich mich aber mit Gil in Kontakt und bat ihn – falls er noch interessiert war –, Bilder seiner Frau zu einem ersten Treffen mitzubringen. Wenig später fand ich im Schließfach, das ich für meine Berufskommunikation pachtete, ein kleines Kuvert, in dem sich ein Briefchen mit einem Ort, einer Zeit und Gils Unterschrift befand, die ich bereits von seiner ersten Kontaktaufnahme kannte.

Gil hatte ein ziemlich versifftes Lokal ausgesucht, das schon um die Mittagszeit von unangenehmeren Gestalten frequentiert war, als das von Olav in meinem Wohnhaus in den späten Abendstunden, aber in einem weniger zentralen Siedlungsteil lag. Ich erkannte ihn gleich. Sein Bier stand unangetastet vor ihm, die Schaumschmelze war schon weit vorangeschritten. Den Blick starr auf das Glas gerichtet, schaute er nicht auf, als ich das Lokal betrat. Den anderen Männern war ich sehr wohl aufgefallen, einige glotzten mich an. Ihre Ansprüche waren nicht besonders hoch, auch Ona, dieser schlampige Strich in der Landschaft, gefiel ihnen. Ich verstand nicht ganz, warum Gil einen Ort ausgesucht hatte, an dem er so fehl am Platz war und dadurch auffiel; er hatte offensichtlich keinerlei Erfahrung mit solchen Dingen. Immerhin hatte er eine Art Koje gewählt, in der man gut abgeschottet reden konnte.

Gil war groß und breitschultrig, geschmackvoll angezogen. Seine Haare, die dieselbe Farbe hatten wie die aller Leute hier, wenn sie sie in ihrem natürlichen Zustand beließen, waren bereits etwas schütter. Er hatte ein paar Falten im Gesicht und sah müde aus, was das Bild des attraktiven Mannes aber eher abrundete, als dass es ihm schadete. Weil er ganz und gar in Gedanken versunken war, beobachtete ich ihn noch etwas länger. Er hatte etwas Raumgreifendes an sich, wie ein großer Kasten, der in einem viel zu kleinen Zimmer stand und einem permanent im Weg war. Ich konnte mir gut vorstellen, dass es seiner Frau mit ihm zu eng geworden war und dass die Trennung von ihr ausgegangen war.

Endlich hatte er auf- und dann zu mir geblickt. Zuerst erkannte er mich nicht als die Frau, die nun die seine werden sollte. Als er es auf mein Lächeln hin doch verstand, weiteten sich seine Augen in Panik. Schon erhob er sich, um unter einem Vorwand, an dem es noch in ihm arbeitete, zu gehen, aber da hatte ich mich schon vor ihm aufgebaut und ihm die Hand hingestreckt. Er musste meinen Händedruck erwidern. Geschlagen ließ er sich auf seinen Platz niedersinken. Ich sagte, dass ich mich sehr freute, ihn kennenzulernen.

7

Nach unserem Treffen radelte ich zu den Buden meiner Zone und bestellte bei Milo Proteinpulver, auch wenn es bei Radan eigentlich die bessere Ware gab. Milo konnte aber auch spezielle Lebensmittel besorgen wie Milch und Eier und manchmal sogar rotes Fleisch. Obwohl Gil noch nicht entschieden hatte, ob er meine Dienste in Anspruch nehmen wollte, war ich zuversichtlich, dass er sich fügen würde.

Radan stand vor seiner Bude und beobachtete mit Missfallen, wie lange ich mich bei Milo aufhielt, weil das bedeutete, dass ich einen meiner berühmten Großeinkäufe tätigte. Gesagt hätte er natürlich nie etwas, da ich auch so weit mehr Geld bei ihm ließ, als es der Durchschnitt seiner Kunden tat. Der gelbe Milo war den anderen Budenbesitzern meiner Zone ohnehin ein Dorn im Auge, weil sein schöner Sohn Danil sich nützlich machte, indem er bestellte Waren mit seinem Fahrrad an Kunden auslieferte. Sie sagten, dass sich das nicht gehörte, weil es ein Streben nach mehr war. Eigentlich ärgerten sie sich aber nur, dass sie nicht auf diese Idee gekommen waren, und eigentlich wussten sie das selbst.

Als ich zu Hause war, sah ich, dass noch reichlich von Radans gutem Proteinpulver übrig war, genug jedenfalls, um mich in drei Emmas zu verwandeln.

Ich kochte Wasser ab und löste, als es abgekühlt war, Pulver darin auf. Das allein strengte mich übermenschlich an. Aber ich musste schnell aus diesem Onakörper raus, aus diesen 48 Kilo Sehnen, dieser aschfahlen, rissigen Haut.

Ich war schon so lange nicht im Fitnesscenter gewesen, das im Keller des Komplexes lag, dass ich meine Zutrittskarte nicht gleich gefunden hatte. Schließlich entdeckte ich sie in einer Lade, in der auch die Fotos der Frauen und Fotos von mir als jede der Frauen, die ich je gespielt hatte, lagen. Sogar ein Foto von mir als Ona lag da. Wann hatte ich das bloß gemacht? Ich lobte mich für die vollständige Dokumentation meiner Arbeit. Ich verweilte lange über der Lade, irgendwann zog ich mich aber doch noch an. Es war draußen bereits stockdunkel, denn es war tiefster Winter, ein noch kälterer Winter als sonst. Mein Atem mischte sich mit dem Nebel, der ständig über der Siedlung lag, verursacht vom Rauch, der durch das Verheizen des noch nassen Holzes entstand. Ich montierte die Stirnlampe, weil die Beleuchtung der Straße, die zu meinem Komplex führte, seit längerem ausgefallen war.

Die Stimmung im Fitnesscenter war seltsam. Nicht nur war es berstend voll und an fast jedem Gerät verausgabte sich eine Frau, es herrschte auch eine Aggression, die mir neu vorkam. Ständig schrie jemand, Gewichte wurden zu Boden geschleudert, und wenn ich unabsichtlich den Blick einer der Frauen traf, war er schmerzverzerrt und wütend. Es dauerte ein bisschen, bis ich meinen Platz in dieser eigenartigen Orgie fand. Aber ich war ja anpassungsfähig. So sehr, dass bald auch ich schrie.

8

Am nächsten Tag wachte ich mit Schmerzen auf. Alles in mir brannte. Ich dachte, dass es mich entspannen würde, ein paar Längen zu schwimmen. Als ich beim Schwimmbad angekommen war, sah ich, dass es wegen irgendwelcher Bauarbeiten geschlossen hatte. Da fiel mir ein, dass ich das schon einmal gewusst hatte, und ich ärgerte mich, dass ich überhaupt hergekommen war. Aber dann sah ich durch die Glastür Samu, den kindlichen Bademeister, in seinem Kassahäuschen sitzen. Ich klopfte an die Scheibe. Er warf mir einen Blick zu und deutete mit beiden Händen »Nein«; er erkannte mich natürlich nicht. Das letzte Mal musste ich vor Sibel da gewesen sein, als ich eine Frau gespielt hatte, die im Gegensatz zu Sibel und Ona kein Skelett gewesen war. Ich formte das Wort »Samu« mit meinen

Lippen, und er arbeitete sich schwerfällig aus seinem kleinen Kokon heraus, schleppte sich zur Tür und öffnete sie, während er übertrieben schnaufte. »Samu, kennst du mich nicht mehr?«, sagte ich und ignorierte seine Verstimmung. Er wusste nicht, was er sagen sollte, zugeben wollte er nicht, dass er tatsächlich keine Ahnung hatte, wer ich war. »Warum habt ihr geschlossen?«, setzte ich nach. »Das kleine Becken hat ein Leck oder so«, sagte er. »Warum bist du dann da?«, fragte ich. »Na ja, was soll ich sonst machen«, brummte er. »Kann ich nicht im großen Becken schwimmen?«, fragte ich ihn. Samu überlegte, es sprach ja wirklich nichts dagegen. »Aber was ist, wenn die Leute kommen, die das Becken reparieren? Was ist, wenn andere kommen und schwimmen wollen? Ich kann ja nicht alle reinlassen«, versuchte Samu es ungeschickt. Wir glaubten beide nicht, dass dieses Becken jemals repariert werden oder andere kommen würden. Selbst in seinen Glanzzeiten hatte das Schwimmbad kaum Besucher gehabt, und Samu, der mittlerweile wahrscheinlich sechzehn war, sich aber schon mit zwölf wie ein mürrischer alter Mann benommen hatte, war das nur recht. So konnte er den ganzen Tag in seinem Kokon sitzen und naschen. »Schau mal«, sagte ich und zog ein paar Scheine aus meiner Tasche hervor. »Gib das deiner Mama, bald bringe ich dir Schokolade, wenn du mich hier schwimmen lässt, ab und zu nur. Ich mach dir keine Probleme, du wirst gar nicht merken, dass ich da bin.«

Samu willigte schließlich ein, obwohl er es besser wusste.

Ich ging die Treppen hinunter, ließ die Spinde hinter mir zurück und steuerte direkt auf die zwei Becken zu, wo ich mich auszog. Sogar das Hinabsehen am Onakörper fand ich ekelerregend. In Armbeugen und Kniekehlen hatte ich rote Stellen. Ich zog mir einen alten Badeanzug an, der mir viel zu groß war.

Tatsächlich hatte man das kleine Becken ausgelassen, und an seinem verfliesten Boden war ein Riss von etwa drei Metern Länge zu sehen. Ich verstand nun, warum das kleine Becken nicht einfach abgesperrt und das Schwimmbad offen gelassen worden war: Der Riss war zwar nicht besonders breit, aber er hatte eine verstörende Präsenz. Sein Anblick bestätigte mich in der Annahme, dass dieses Schwimmbad niemals wieder öffnen würde. Bald würde man das ganze Gebäude abreißen und an seiner Stelle einen Komplex bauen. Ich überlegte, ob ich wieder gehen sollte.

Als ich dann aber ins große Becken sprang, fühlte ich mich sofort besser, als würde ich mit jeder Bewegung praller werden. Ich vergaß den Riss, atmete gleichmäßig und dachte nur von Zug zu Zug.

Irgendwann kam Samu runter. Ich tauchte auf, schwamm zum Beckenrand und entschuldigte mich sogleich, dass ich wohl die Zeit übersehen hatte. »Welche Zeit?«, sagte Samu und verdrehte die Augen. »Ich habe mir gedacht, ich gebe dir einfach den Schlüssel für den Seiteneingang. Dann sehen die Leute nicht, dass du hier reinkommst«, sagte er. Ein unerwarteter Sinneswandel. »Außerdem kannst du kommen und gehen, wann du möchtest, falls ich einmal nicht da bin oder so«, sagte er weiter. Er deutete in die Richtung des Seiteneingangs und erklärte mir, wie ich dort von außen hineinkam, und dass der Schlüssel manchmal klemmte. Dann druckste er kurz herum. »Es tut mir leid«, sagte er, »wie war noch mal dein Name?«

»Emma«, sagte ich, »mein Name ist Emma.«

9

Drei Tage später kam Milos schöner Sohn vorbei, in zwei großen Taschen brachte er die Proteine in Plastikeimern, Gemüse und Obst für zwei Wochen, Eier, Öl, etwas Zucker sowie einige der Produkte, die ich für Haut und Haare bestellt hatte, auch eine Spezialität von Milo. Danil entschuldigte sich, dass es noch nicht alles sei, was ich gekauft hatte, übermorgen käme der Rest. Ich würde den Rest selbst holen, sagte ich ihm, ich hätte einen Termin in der Gegend. Zerknirscht nahm Danil zur Kenntnis, dass seine Dienste nicht gebraucht wurden, Zurückweisung war er nicht gewohnt. Zuletzt überreichte er mir drei Flaschen Milch und einen gefrorenen Klumpen Fleisch. Mehr sei nicht zu haben gewesen, sagte er entschuldigend, und erzählte umständlich eine Geschichte darüber, dass die Kühe der Bauern, von denen Milo sein Fleisch bezog, an einer Seuche zugrunde gegangen waren und dass sein Vater erst wieder neue Lieferanten auftreiben müsse; dass er aber in weiser Voraussicht vor ein paar Wochen Fleisch von draußen bestellt und eingefroren hatte, von dem ich nun die Ehre hatte, etwas abzubekommen. »Du darfst dich nicht wundern, dass es vielleicht nicht so toll schmeckt, und außerdem ist es teuer, aber ich dachte, es ist immer noch besser als gar nichts«, schloss er. Ich bedankte mich. Als er endlich gegangen war, verstaute ich die Lebensmittel in den Behältern, die ich auf dem Fenstersims festgeklebt hatte. Ich briet drei Spiegeleier und aß sie mit Brot. Mein Magen rumorte, das viele Eiweiß, die Umstellung von nichts auf etwas schien ihm nicht zu behagen.

Auch während ich bei der Friseurin saß, gab er Laute von sich, die sie freundlicherweise ignorierte oder gar nicht wahrnahm, weil sie damit beschäftigt war, den desaströsen Zustand meiner Haare in zahlreiche Worte zu fassen. Als ich ihr ein Bild von Emma mit der Bitte gezeigt hatte, mir genau diese Frisur zu schneiden, hatte sie erst ungläubig den Kopf geschüttelt, als hätte ich nicht weniger als ein Wunder von ihr verlangt. Nach einer Prozedur von vier Stunden, in der meine Haare durch die Hände mehrerer Mitarbeiter des Salons gegangen waren, waren Onas Haare zu Emmas Haaren geworden. Ich betrachtete mich lange im Spiegel. Ich war zufrieden. Wie ich es erwartet hatte, hatte schon wenige Tage nach unserem ersten Treffen eine neue Nachricht von Gil in meinem Postkasten gelegen. Er müsse mir etwas zeigen, das er mir nicht in einem Lokal oder einem Komplex zeigen könne, hatte er geschrieben und gefragt, wann und wo wir uns treffen könnten.

10

Ganz hinten in Radans Lager gab es eine kleine Kochnische und eine Sitzecke, in der Radan und sein Mitarbeiter Mittagspause machten. Manchmal kamen Radans Frau oder seine Töchter vorbei und brachten Essen. Vor ein paar Monaten war ich die einzige Kundin bei Radan gewesen, und als ich meinen Einkauf kurz vor der Mittagspause abgeschlossen hatte, lud mich die jüngere seiner beiden Töchter, die gerade mit einem Topf in der Hand in die Bude gekommen war, ein, mit ihnen zu essen. Ich tauschte einen Blick mit Radan aus, dem die Einladung genauso wie mir etwas deplatziert schien; trotzdem nickte er höflich, und ich folgte ihm und seiner Tochter in den Lagerraum.

Die Wand über der Sitzecke war mit allerhand Fotos in kitschigen Rahmen bedeckt, und weil ich auffällig starrte, erzählte mir Radan, wer die ganzen Leute in den Rechtecken waren – manchmal musste er selbst überlegen, so alt waren einige Bilder. Am meisten faszinierte mich eine handgezeichnete Karte. »Das ist, wo wir herkommen«, sagte Zora, Radans Tochter.

»Na ja, wir nicht« sagte Radan, der gerade auf der Suche nach Fleisch im Eintopf wühlte, »die Vorfahren. Wir haben keine Ahnung, wo das lag. Aber ich glaube, die Karte ist echt, weil man doch ab und zu Leute trifft, die ähnliche Karten von ihren Vorfahren haben. Die haben sie offenbar mitgenommen, um sich an zu Hause zu erinnern, als sie ausgewandert sind.« »Einmal hat mir der Papa verboten, mit einem Vuk auszugehen, weil wir verwandt sein könnten«, sagte Zora und lachte auf. Ich verstand nicht. »Entschuldige. Weil es wohl ein Name von dort ist, Vuk. Dabei sind doch hunderte Jahre vergangen, seit unsere Vorfahren in die Siedlung kamen. Heute kann ja echt jeder Vuk heißen.« »Er war ein Taugenichts, mein Schatz, ich musste es dir verbieten.« Sie kicherten beide. »Woher wisst ihr, dass es ein Name von dort ist?«, fragte ich. Zora und Radan schauten einander an, als hätten sie zu viel gesagt. »Ich frage nur, weil es so spannend klingt«, sagte ich. Radan maß mich mit seinen wasserblauen Augen, eine Farbe, die man hier kaum sah. Er sprach weiter, aber vorsichtiger: »Die Vorfahren, die hierher auswanderten, wussten wohl, dass diese Heimat … na ja, dass sie dorthin nicht mehr zurückkehren würden, glaube ich.

Jedenfalls schrieben sie eine Liste mit dort üblichen Namen, Buben- und Mädchennamen. Einmal in unserer normalen Schrift, einmal in einer, die wir nicht lesen können. Trotzdem übertrug jede Generation unserer Familie diese Liste, sogar die komische Schrift, damit sie erhalten blieb, genauso wie die Karte über Generationen mit der Hand abgepaust wurde, zuletzt von meinem Vater. Nach der Liste benennen wir die Kinder.« Ich staunte. »Die Liste schränkt einfach die Namensauswahl ein, ziemlich praktisch«, sagte Radan, der nicht wollte, dass ich dem Thema zu große Bedeutung beimaß, immerhin ging es hier nicht nur um das Draußen, sondern auch um das Davor – gleich zwei Dinge, mit denen man sich besser nicht befassen sollte. Ich fragte trotzdem weiter: »Also sind Radan und Zora auch Namen von dort.« »Ja, anscheinend schon«, sagte Zora. Es faszinierte mich unglaublich, ich setzte an, um zu fragen, ob mein Name auch auf der Liste stand, als mir bewusst wurde, dass ich mich an meinen echten Namen längst nicht mehr erinnern konnte.

11

Vor dem Essen bei Radan hatte ich nie wirklich darüber nachgedacht, was vor den Siedlungen war. Wir hatten in der Schule davon gehört, denn in meiner Jugend war es noch nicht so streng gewesen, was das Reden über die Vergangenheit betraf, aber meine Erinnerungen daran waren nur diffus und lückenhaft. Meiner Generation war jedenfalls beigebracht worden, dass es eine große Hitze gegeben hatte; jahrelang war es heißer und heißer geworden, die Menschen versuchten in Gebiete zu fliehen, in denen es sich noch leben ließ, was zu verheerenden Kriegen führte. Weiter, dass nur verhältnismäßig wenige Leute überlebt hatten, die sich, nachdem die Hitze nach Jahren und Jahrzehnten abgenommen hatte, über die bewohnbaren Gegenden der Erde verteilten und Siedlungen gründeten. Man hatte entschieden, dass die »permanente Verbundenheit« – an diesen seltsamen Begriff konnte ich mich erinnern –, die früher auf der Welt geherrscht haben musste, nur ins Chaos führte. Dass es besser war, in kleinen Einheiten organisiert zu sein und nicht zu wachsen. Ich überlegte weiter, aber viel mehr fiel mir nicht ein.

Vermutlich waren es gar nicht meine Erinnerungen, die lückenhaft waren, sondern es war uns wohl einfach nicht viel ausführlicher erklärt worden. Immerhin waren wir Kinder, für die es egal war, wie die Welt vor hunderten oder tausenden von Jahren ausgesehen hatte, und die sowieso nichts hinterfragten.

Wenn ich mir nun so aufsagte, was ich wusste, kam ich mir richtig dumm vor. Nicht nur hatte ich nie versucht, mir vorzustellen, wie die Erde während der Hitze ausgesehen hatte – tatsächlich hatte ich schon Probleme, mir Hitze an sich vorzustellen –, und schon gar nicht während der Kriege. Ich hatte mir auch nie ausgemalt, was davor gewesen war, vor der Hitze: wie die Welt organisiert gewesen war, als noch so unfassbar viele Menschen auf ihr lebten.

Und was war davor gewesen? Und davor? Und davor? Allein, dass es einmal andere Schriften gegeben hatte, wie Radan es impliziert hatte, wäre mir gar nicht eingefallen. Als ich überlegte, wo ich Gil treffen könnte, tauchte die Sitzecke der

Herkunft vor meinem geistigen Auge in all ihrem Glanz auf, als wäre es erst gestern gewesen, dass ich sie besucht hatte. Zu Gil nach Hause wollte ich nicht gehen, solange die Sache noch nicht unter Dach und Fach war, und dass er zu mir käme, war ohnehin ausgeschlossen. Im Museum ging es nicht, weil ich Juri nicht über den Weg laufen wollte. Draußen war es viel zu kalt, das Wetter zu unbeständig, zumindest redete ich mir das alles ein, weil mich das Risiko reizte. Es war grob fahrlässig, ein Treffen mit einem Klienten in der Gegend, in der ich wohnte, auszumachen. Vielleicht würde Gil eins und eins zusammenzählen und sich denken, dass es meine Bude war. Ich hoffte und hoffte nicht, dass Radan nein sagen würde, erwartete es jedenfalls. Aber Radan willigte ein, mir das Lager zur Verfügung zu stellen, wenn es sich nur um dieses eine Treffen handeln würde. Dabei sah er mich argwöhnisch von oben bis unten an.

Radan hatte sich zwar nie zu meinem wechselnden Erscheinungsbild geäußert – ich wohnte schon lange dort, und dementsprechend lange war ich seine Kundin –, aber es war ihm natürlich aufgefallen. Er hielt mich nicht für eine Frau, die aus irgendeiner Laune heraus ab- und zunahm, ihren Kleidungsstil, ihre Augenfarbe und ihre Frisur alle paar Monate änderte. Ganz geheuer war ich ihm nicht, das ließ er mich spüren. Er wollte keine Probleme und keine Menschen, die sie ihm bereiten würden, selbst wenn sie noch so gerne Geld bei ihm ausgaben wie ich. »Nur das eine Mal«, sagte er zweimal.

Bei diesem Treffen war ich es, die zu früh kam, die Sitzecke beruhigte mich. Die Karte der Heimat von Radans Ahnen war verschwunden, aber die Fotos waren noch da. Ich fragte mich, ob er die Karte bereits nach unserem Essen entfernt hatte oder erst jetzt, vor dem Termin. Vielleicht hatte ihr Entfernen aber auch gar nichts mit mir zu tun, und ich schätzte meine Mitwisserschaft um Radans Herkunft als bedeutsamer ein, als sie für ihn war.

Nach einiger Zeit hörte ich ein fragendes Hallo. »Hier hinten«, rief ich.

Gils Schritte näherten sich, und als er mich sah, musste es sein, als sähe er Emma das zweite Mal zum ersten Mal. Ich war zwar äußerlich erst zu fünfzig Prozent sie, aber das reichte, um ihn zu überzeugen. Ich musste noch zunehmen, aber gewisse Details stimmten schon, die Haare, die schwarzen Augen, die so natürlich wirkenden Nägel, die eigentlich aus drei Schichten Gel bestanden, die makellose, aufgemalte Haut. Als ich mich zu ihm drehte, folgte die Einheit Pagenkopf dynamisch. Ich trug ein Kleid, das nach ihrem Geschmack war. Sie mochte Wallendes, Einfarbiges, Blaues, das den Körper nicht betonte, sondern von ihm abfiel. Ihr Kleidungsstil kam mir entgegen, er half mir zu kaschieren, was mir noch an Form fehlte. Gil setzte sich und schaute sich um, zeigte sich von der Sitzecke der Herkunft aber nicht sonderlich beeindruckt. Seine Finger waren an den Knöcheln aufgewetzt. Ich kannte diese Wunden von den fleischigen Händen der Männer, die in Olavs Bar saßen, rauen Männern, die harte, körperliche Arbeit verrichten mussten im Forst und in den Fabriken, wo das Holz verarbeitet wurde. Ich hatte immer gedacht, dass diese Wunden von der Arbeit herrührten, aber als ich nun Gils gepflegte Hände sah, die genau dieselben Spuren aufwiesen, verstand ich, dass diese Männer mit ihren Fäusten gegen etwas geschlagen haben mussten, dass Gil gegen etwas geschlagen haben musste. Ich fragte mich, ob Gil die verbotene Gewalt nur gegen sich selbst richtete oder ob ich sie schon bald kennenlernen würde. Er sah, dass ich die Wunden begutachtete, und ließ die Hände unter dem Tisch verschwinden, peinlich berührt. »Ein Unfall«, sagte er.

12

Er zeigte mir weitere Fotos. Auf einem trug Emma ein Kleid, das meinem so ähnlich war, dass er kurz lächelnd zwischen dem Foto und mir hin- und herschaute. Emma lachte auf den Bildern nie, was aber nicht weiter ungewöhnlich war, weil das kaum jemand tat. Während es bei vielen die Müdigkeit war, die die Mundwinkel an Ort und Stelle hielt, war Emmas Miene wach, aber steinern.

»Emma hat mich vor acht Monaten verlassen«, sagte er plötzlich. Ich hatte also recht. Sie war es, die die Beziehung beendet hatte.

»Darf ich?«, fragte ich und zog mein Notizheft aus der Tasche. Er nickte. Ich begann mitzuschreiben. »Wissen Sie, warum sie Sie verlassen hat?«, fragte ich ihn direkt. »Sie hat nicht nur mich verlassen, sie hat die Siedlung verlassen«, antwortete er.

»Oh«, rutschte es mir heraus. Ich ärgerte mich, dass Gil erst jetzt mit dieser Information herausrückte, aber eigentlich ärgerte ich mich über mich selbst: Ich hatte vorschnell gehandelt, weil ich dringend einen Klienten brauchte. Ich wollte Gil mitteilen, dass ich keine Toten nachstellte, denn das war es ja, was die Siedlung verlassen zu haben bedeutete, aber ich hielt mich zurück. Könnte ich nicht eine Ausnahme machen? Einmal? Bot es nicht den Vorteil, dass ich nicht ständig auf der Hut sein musste, von Emma bemerkt zu werden, sie nicht ständig überwachen musste, um ihr aus dem Weg gehen zu können? Natürlich hätte es den Nachteil, dass ich mich allein auf Gils Erzählung verlassen würde müssen. Dass sich noch mehr Leerstellen auftun würden als sonst, die ich nur durch Versuch und Irrtum füllen konnte.

»Ich habe nicht geglaubt, dass sie das wirklich tun würde«, erzählte Gil weiter, »vielleicht hätte ich es geschafft, ihr das auszureden, wenn ich das alles ernster genommen hätte. Aber wie soll man so einen Wahnsinn auch ernst nehmen … die Siedlung verlassen!« Er sah aus, als würde ihm etwas die Kehle zuschnüren. Er stand abrupt auf. »Ich glaube, ich kann das nicht«, sagte er, und weil er es nun war, der am liebsten sofort abbrechen wollte, wollte ich ihn nicht gehen lassen.

»Atmen Sie«, sagte ich und fixierte ihn; das funktionierte meistens deutlich besser, als jemandem zu sagen, er solle sich beruhigen. Gil atmete einige Male laut aus und setzte sich wieder neben mich. »Wir müssen nicht sofort in die Details gehen, in Ordnung?«, sagte ich. Er nickte. »Was haben Sie mir noch mitgebracht?«, fragte ich.

»Was?«, fragte er.

»Sie wollten mir etwas zeigen, was nicht in der Öffentlichkeit geht«, erinnerte ich ihn.

»Ach ja.« Er zog ein kleines Gerät aus seiner Aktentasche. So etwas hatte ich noch nie gesehen. Er musste es irgendwie von draußen bekommen haben. Er sah sich noch mal um, aber niemand war im Lager außer uns. Er schaltete das Gerät ein, und es zeigte ein bewegtes Bild. »Das ist ein Video«, sagte er. Mein Staunen konnte ich schwer verbergen. »Fragen Sie mich bitte nicht, woher ich es habe«, sagte er fast entschuldigend. »Das bleibt unter uns, ja. Alles.« Ich nickte.

Wir rückten zusammen und schauten auf den kleinen Bildschirm.

Das Video war so ton- wie harmlos: Emma, wie sie in einem Garten, vermutlich ihrem Garten, jätete, aufgenommen aus einiger Entfernung. Ich bat ihn, es noch mal abzuspielen, immer wieder. Ich machte mir Notizen, und nachdem er gesehen hatte, wie ernsthaft ich mich der Sache widmete, eröffnete er mir, dass er noch ein zweites Video hätte. Darauf sah ich Emma von hinten, aufgenommen durch die halboffene Badezimmertür. Sie schien sich bettfertig zu machen, trug nur Unterwäsche und cremte sich das Gesicht ein, bis sie im Spiegel das Aufnahmegerät und Gil sah, der auf dem Bauch im Bett lag. Sie drehte sich um und ging durch die Tür auf ihn zu, blieb dann stehen und drehte sich langsam im Kreis, bis sie wieder vor ihm stand. Sie fragte: »Magst du das?«, und er sagte leise: »Ja.« »Ich nicht«, sagte Emma, dann wackelte das Bild und wurde schwarz.

Natürlich war das Video unangenehm für ihn, den zurückgewiesenen Mann, aber wichtiger schien ihm zu sein, mir zu zeigen, dass Emma ihn irgendwie verhöhnte. Anstatt schlecht über sie zu reden, sollte ich lieber mit meinen eigenen Augen sehen, wie sie sein konnte. Im Grunde genommen waren alle Klienten so: bereit zuzugeben, dass es immer zwei brauchte, um eine giftige Beziehung zu führen, aber gleichzeitig davon überzeugt, dass die andere Person noch ein bisschen niederträchtiger war, noch ein bisschen mehr Schuld trug. Dass sie selbst nur die waren, die auf die Boshaftigkeiten des anderen reagierten, reagieren mussten. Dass sie keine andere Wahl hatten.

Gil nahm Gil ein braunes Kuvert aus seiner Tasche und legte es mir hin, so als hätte ich eine Prüfung bestanden. »Wann, denken Sie, können wir anfangen?«, fragte er, wieder ganz aufgeräumt wie der Kasten, der er war.

13

Nachdem ich Gil vorgehen und etwas Zeit verstreichen lassen hatte, verließ auch ich Radans Bude. Er war gerade dabei, Regale einzusortieren, auf meinen Dank reagierte er nur mit einem »Jaja«. Danach schlich ich rüber zu Milo und holte den Rest der Haut- und Haarprodukte ab, die dort auf mich warteten. Milos Sohn, der noch immer ein bisschen beleidigt war, dass ich sie mir nicht hatte liefern lassen, packte sie mit nervenaufreibender Bedachtsamkeit in meinen Rucksack. Danach stieg ich aufs Rad und fuhr ins Schwimmbad. Während ich meine Längen zog, dachte ich über das zweite Video nach. In meinem Kopf sagte ich mir die Worte vor: Magst du das, magst du das, magst du das, maaaagst du das, magst *du* das, magst du *das*. Ich nicht. *Ich* nicht. Ich *nicht*. *Ich nicht*. Doch offenbar hatte ich diese Worte irgendwann nicht mehr nur im Kopf gesagt, sondern laut, und dabei zu viel Wasser geschluckt. Ich tauchte auf und hustete in den Pool hinein. Blut. Meine Zunge tastete an den Zähnen entlang, ein paar davon wackelten. Ich drückte gegen die oberen Schneidezähne, und einer löste sich reibungslos aus dem Zahnfleisch. Ich spürte ihn in meinem

Mund herumwandern, meine Zunge ihm hinterher, nur zu fassen bekam sie ihn nicht. Ich hielt mir die Hand unters Gesicht und ließ den Blutstrom langsam ins Wasser fließen, doch es kam und kam kein Zahn.

Dann sah ich Samu, er stand über mir und klatschte mit der Hand leicht gegen mein Gesicht. Wollte er, dass ich noch mehr Zähne verliere? »Emma, he, Emma.« Ich hustete, Wasser rann mir aus dem Mund. Samu zog mich in eine Sitzposition und wickelte mich in ein Handtuch. Er plumpste vor mir auf den Boden. So saßen wir dann da, hinter den schönen, großen Glasfenstern des Schwimmbads hing Nachtschwarz. Was machte er überhaupt um die Zeit hier? Irgendwann sagte er: »Ich musste dich rausfischen. Ich glaube, du bist eingeschlafen oder so.« Erst da merkte ich, dass er klatschnass war.

Er wollte nicht, dass ich weiterhin zum Schwimmen kam, er hatte keine Lust, sich mit einer Leiche rumzuschlagen. Aber ich bettelte ihn an, nützte schamlos aus, dass er nicht Nein sagen konnte. Auf dem Heimweg fuhr ich ständig mit meiner Zunge über meine Zähne. Jedes Mal saßen sie alle fest im Fleisch.

14

Eigentlich ging ich ins Museum, um in Ruhe darüber nachzudenken, was ich tun sollte. Den Emma-Auftrag annehmen, obwohl er eigentlich nicht meinen Kriterien entsprach? Ihn ablehnen und hoffen, dass ich einen neuen Klienten finden würde? Sofort mit den Begegnungen aufhören? Und dann? Was sollte ich dann tun?

Aber gleich im zweiten Raum fing mich Juri vor der Vitrine mit den zwei ausgestopften Komodowaranen ab. Er hatte mir schon bei früheren Besuchen von den Riesenechsen erzählt; am liebsten mochte ich die Geschichte mit den Giftdrüsen. Juri begann immer mit einer detaillierten Beschreibung der Landschaft auf Komodo, wo die Farben nicht einfach rot oder grün oder blau waren; zumindest nicht, wenn Juri erzählte. Er sprach von satten Grüntönen und brandroten Streifen am himmelblauen Himmel, von schroffen Bergen und türkisem, salzigem Wasser in weichen Buchten, und dehnte das, was er mir eigentlich erklären wollte, nämlich dass das Maul des Tieres eine Fehlkonstruktion war, auf eine mindestens zehnminütige Erzählung aus. Weil der Waran viel zu kleine Zähne hatte, mit denen er nicht sinnvoll zubeißen konnte, hatte die Natur ihn mit Giftdrüsen ausgestattet, quasi als Kompensation, sodass auch seine minimale Beißkraft dafür ausreichte, seine Beute zu lähmen, über die er sich dann ganz gemütlich hermachen konnte. Der Komodowaran hatte zwar sinnlose Zähnchen, dafür aber alle Zeit der Welt. Ich glaube, ich mochte die Geschichte gar nicht so sehr wegen ihres Inhalts, sondern weil Juri sie so erzählte, als würde sie eine tiefschürfende Wahrheit über die Welt preisgeben. Jedes Mal, wenn er sie erzählte, lächelte er danach besonders selig.

Die Echsen in der Vitrine waren im Kampf eingefroren. Sie standen raufend auf ihren Hinterbeinen, aber wenn man sie aus einem bestimmten Winkel ansah, wirkte es eher wie eine Umarmung. »Sieht aus wie Vorspiel, schau«, sagte ich, und er lachte. Er nahm das Stichwort als Anlass, um mir das Paarungsverhalten der Warane näherzubringen. Es wäre nämlich sehr interessant, flüsterte er mir ins Ohr. Dieses Mal sparte er sich die Beschreibung Komodos und kam schneller zur Sache. Die Männchen lecken am Weibchen, von oben bis unten, dann tief in die Kloake hinein. Ihrer eigenen Spezies können sie mit ihrem Giftspeichel nämlich nicht schaden. Den Weibchen scheint der Sex ganz gut zu gefallen, denn zur Fortpflanzung bräuchten sie ihn gar nicht. Komodowaraninnen können nämlich auch ohne Befruchtung durch ein Männchen Nachkommen zeugen, eigengeschlechtlich. Bei dieser Fortpflanzungsform, die man Parthenogenese nennt, können allerdings nur männliche Nachkommen entstehen.

Vollkommen verrückt, dachte ich und hielt es für durchaus möglich, dass Juri sich alles, was er erzählte, einfach ausdachte. Unsere Gesichter klebten am Glas, eng beieinander. Gerade als ich ihn fragen wollte, woher er das überhaupt wusste, leckte er schon an meiner Oberlippe entlang, ganz Echsenmensch.

Aus dem Augenwinkel sah ich den offen stehenden Mund eines älteren Herrn, der sich immer weiter öffnete, je tiefer ich meine Hand an Juris verwachsenem Körper nach unten zu seinem Schritt schob, den ich von außen zu massieren begann. So dreist waren wir noch nie gewesen. Juri wurde sofort hart, ließ es aber sicherlich eine ewige Minute lang geschehen, bis er meine Hand nahm und mich dann hinter sich her zu einer Kammer zog, die sich hinter einer als Wand getarnten Tür befand. Ich kannte den Raum, der mir sonst wohl nie aufgefallen wäre, mittlerweile gut, auch beim ersten und bei allen weiteren Malen hatten wir es hier getan.

Drinnen gab es allerhand Regale, gefüllt mit Schrott und einigen Putzutensilien, die selbst mit dem Staub kämpften, und einen kleinen Tisch, der das Kommende schon kannte. Ich setzte mich darauf, zog Juri an mich, öffnete seine Hose, legte mich zurück. Er zog mir Hose, Strumpf- und Unterhose auf einmal aus und schob sich in mich. Die Lust machte alles an ihm noch schiefer, überhaupt war nichts in seinem Gesicht mehr an seinem rechten Platz. Plötzlich sah ich hinter seinem Kopf ganz oben auf einem Regal ein ausgestopftes und ziemlich mitgenommenes Eichhörnchen stehen, das mir noch nie aufgefallen war. Ich schaute zwischen dem Tier und Juri hin und her und hin und her und hin und her, und sie ähnelten einander immer mehr. Bald schon würden auch Juris Augen seitlich an seinen Kopf gewandert sein, dorthin, wo auch die des Eichhörnchens saßen. Ich fasste Juri ins Gesicht, als würde ich die Dinge darin zurechtrücken oder zumindest festhalten wollen. »Scheiße«, rief er. Ich dachte, ich hatte ihm wehgetan. »Mist. Ich wollte. Ah, verdammt, es tut mir so leid«, keuchte er.

Tatsächlich war er bis dahin vorsichtig gewesen, er war jedenfalls nie in mir gekommen. Nun war es passiert. Ich sagte ihm, dass er sich keine Sorgen zu machen brauchte, und hoffte, dass damit die Sache vom Tisch war, so wie ich, die ich mittlerweile schon aufgestanden und dabei war, mich anzuziehen. Aber er fragte nach: »Also holst du dir das Medikament? Soll ich nicht mitkommen?« Ich musste schmunzeln: »Hast du denn keine Lust auf ein Kind mit mir?«, sagte ich. Er starrte mich an, bis ich zu lachen anfing. Dann lachte auch er. »Ich kann nicht schwanger werden«, sagte ich, »weder parthogenetisch noch sonstwie.« »Parthenogenetisch«, besserte er mich aus. Ich verdrehte die Augen, küsste ihn zum Abschied auf die Wange und verließ die Kammer.

Als ich aus dem Museum kam und mich aufs Rad setzte, fragte ich mich, warum ich ihn angelogen hatte, obwohl es keinen Grund dazu gab. Doch dann vertrieb die unangenehme Nässe, die sich durch die Unterhose drückte und sich in meiner Strumpfhose ausbreitete, die Gedanken an die Lüge. Ich steuerte die nächstgelegenen Buden an, wo ich in die erste pastellfarbene ging, die ich sah, und das Medikament verlangte. Die Verkäuferin sagte, ich hätte Glück, es sei ihre letzte Packung.

15

Ich wollte nicht unbedingt noch einmal schwanger werden. Als ich siebzehn war, war es mir passiert, es war mit mir passiert. Ich hatte es zwar sofort bemerkt, versuchte es aber aus der Welt zu denken. Ich konzentrierte mich, spannte alles an, presste, hielt die Luft an, und wenn es nicht mehr ging, atmete ich laut aus und sagte dabei »Verschwinde aus mir«. Alle paar Stunden inspizierte ich meine Unterhose, doch da war kein Blut, nicht einmal ein bisschen Schleim. Ich sprang hinunter, wo es ging. Immer höher, bis ich mir den Fuß verstauchte.

Ich wohnte damals noch in einer anderen Zone, aber auch dort waren die pastellfarbenen Buden jene, in denen Medikamente verkauft wurden. Also ging ich hin und schilderte meine Lage, weil ich nicht wusste, wo ich sonst hingehen hätte sollen. Ich dachte gar nicht daran, dass ich – würde ich an die falsche Person geraten – Schwierigkeiten bekommen könnte. Abtreiben im Krankenhaus durfte man nicht. Da die Gewalt untersagt war, ging das System davon aus, dass sie nicht passierte. Ohne Gewalt also auch keine Vergewaltigungen, was wohl der einzig akzeptable Grund gewesen wäre, ein Kind loszuwerden. Trotzdem gab es Ärzte, die Abtreibungen vornahmen. Es war zwar illegal, wurde aber geduldet. Das System hoffte wohl, diese Ärzte würden irgendwann von selbst aussterben, so wie die Eisbären. Die Budenbesitzerin gab mir ein paar Adressen. Bei der ersten öffnete niemand, bei der zweiten ließ mich ein Mann um die vierzig hinein, später stellte er sich mir als Anis vor. Seine Haare waren wohl schon länger nicht gekämmt worden und standen in alle Richtungen ab, seine Kleidung wirkte ausgewaschen und etwas modrig. Ich humpelte ihm nach, die Stiegen hinunter in den Keller. Ich hatte kein besonders gutes Gefühl dabei, aber es war zu spät, um umzudrehen.

Wir betraten einen kleinen Raum, in dem sich eine Liege mit kalten Eisenschlaufen, in die man die Füße zu stellen hatte, befand. Einen kleinen Tisch mit Sesseln dahinter und davor gab es auch, sowie einen Wandschrank, der unten Laden zum Ausziehen für die Patientenakten hatte, oben schmaler und aus Glas war. Auf der Fläche, die die beiden Teile des Kastens verband, stand eine Lavalampe. Ich fragte mich, warum dieser Mann ein Objekt besaß, das schwer aufzutreiben und gleichzeitig so sinnlos war. Vielleicht war es ein Geschenk gewesen? Aber wer schenkt einem Arzt eine Lavalampe? Sonst war in der Kellerpraxis alles karg, aber wider Erwarten sauber, nicht einladend; vielleicht, damit dumme Mädchen wie ich nicht auf die Idee kamen, hier Stammgast zu werden, dachte ich. Wir setzten uns. »Sie humpeln ja«, brach der Arzt das Schweigen. »Sie wissen schon, dass ich nicht diese Sorte Arzt bin …« »Ja«, sagte ich, »das weiß ich.« Er ging mit der Stimme am Ende jedes Satzes leicht hinauf, sodass alles, was er sagte, wie eine Frage oder ein nicht zu Ende gedachter Gedanke klang. Es passte zu seinen kunstvoll geschwungenen Augenbrauen, die ihn stets überrascht aussehen ließen und ihm etwas Vertrauenerweckendes gaben. Meine Bedenken lösten sich schnell auf.

»Darf ich es mir anschauen?«, fragte er – dieses Mal war es tatsächlich eine Frage.

Ich legte mich auf die Liege. »Die Füße müssen Sie nicht draufstellen. Ziehen Sie mal die Hose etwas runter, bitte, jaja, gutgut.« Er setzte ein Gerät auf meinen Bauch und fuhr damit herum. »Wissen Sie, in welcher Woche Sie sind?«

Ich schwieg; ich war in der neunzehnten Woche.

Ich hoffte noch in dem Moment, als ich mich auf die Liege legte, dass das Wesen einfach herausplumpsen würde, dass es schon so vernunftbegabt wäre, sich noch schnell selbst aus mir zu verabschieden. In der neunzehnten Woche kann so ein Fötus sehen, riechen, fühlen, das hatte ich nicht ohne Aufwand in Erfahrung gebracht. Wenn er schon nicht wusste, dass er in mir nicht richtig war, hätte er es also wenigstens spüren können.

»Soll ich Ihnen was erklären?«, fragte mich der Arzt.

»Nein, bitte nicht«, sagte ich. »Lebt es überhaupt?«, fragte ich dann doch. »Ja«, sagte er, während er auf den Bildschirm starrte.

Er bat mich aufzustehen. »Wir machen es nicht gleich?«, fragte ich ihn. »Nein«, sagte er, »sehen Sie, die Schwangerschaft ist recht weit fortgeschritten, Sie sind in der neunzehnten Woche. Sie brauchen eine Narkose, und wir müssen Ihnen davor Medikamente geben, um den Gebärmuttermund zu erweichen, das kann schmerzhaft sein, und, na ja, das dauert den ganzen Tag. Aber wir sollten es bald machen, sehr bald. Ich sage es nur ungern, aber das wird nicht billig. Können Sie sich … das leisten, ja?« »Ja«, sagte ich.

»Ich mache Ihnen noch einen Verband.« Ich verstand nicht. Anis lachte auf und schüttelte den Kopf. »Nein, für den Fuß, meine ich. Da haben Sie sich wohl beim Herumspringen die Bänder überdehnt, hm? Ja, das hätten Sie sich sparen können, das bringt nichts.« »Ich dachte, Sie sind nicht so ein Arzt«, sagte ich. Er zwinkerte kameradschaftlich.

16

Die Schwangerschaft war gleich bei der ersten Begegnung, die nicht als solche intendiert war – zumindest nicht von mir –, zustande gekommen.

Ich hatte bereits ein Jahr für einen Tischler gearbeitet, als er plötzlich begann, mich immer öfter zu sich in die Werkstatt zu zitieren. Er wollte mir zeigen, wie die Produkte entstanden. Er sagte, man könne sie viel besser verkaufen, wenn man ein Gefühl dafür hätte, wie viel Arbeit in einem Tisch, einem Regal, einem Bett steckte. Allein das Wissen würde etwas an mir verändern, das würden die Kunden spüren. Ich war zwar jung, aber nicht so naiv, um nicht genau zu wissen, worauf das hinauslaufen würde. Manchmal, wenn die anderen gegangen waren, rief mich der Chef nach hinten und ließ mich etwas lackieren, dabei stellte er sich hinter mich und führte meine Hand, die den Pinsel hielt.

Jedes Mal, wenn er mich holte, ging ich davon aus, dass es

dieses Mal passieren würde. Ich wartete direkt drauf, dass er endlich seinen Körper gegen meinen, mein Gesicht in den frischen Lack drücken würde, nicht weil ich es wollte, sondern damit die angespannte Situation, die er so auszukosten schien, vorbei wäre. Aber es passierte nichts, es folgten keine weiteren Berührungen außer seiner Hand, die sich zärtlich um meine legte, wenn wir sägten, Löcher für Scharniere ins Holz bohrten und den Lack gleichmäßig über den gemaserten Flächen verteilten.

Dann lud er mich zu sich nach Hause zum Essen mit seiner Familie ein, und als die Einladungen häufiger wurden, musste ich mir eingestehen, dass ich mich wohl getäuscht hatte. Seine Berührungen waren nicht die eines Liebhabers gewesen, sondern die eines Vaters.

Dabei hatte er ja schon zwei Söhne. Der eine, Aron, wohnte nicht mehr zu Hause, kam aber fast täglich zum Abendessen und war etwas älter als ich; der andere, Leo, war zwölf und sehr klug, ich mochte ihn gleich. Die Mutter, eine entzückende Frau, begann sich bald um mich zu kümmern, als wäre sie meine eigene. Sie ging mit mir zum Friseur, kaufte mir Kleidung, von der sie sagte, dass sie mir gut stehen würde. Ich fühlte mich von ihrer Aufmerksamkeit geschmeichelt.

Bald aß ich jeden Tag mit der Familie des Tischlers zu Abend. Als ich einmal auf dem Weg von einem der Essen nach Hause war, hörte ich Laufschritte hinter mir, und als ich mich umdrehte, schloss Aron gerade zu mir auf. Ich dachte, dass ich etwas vergessen hatte, das er mir bringen wollte. Aber er sagte, er müsse mir etwas erzählen, fragte, ob er mich nach Hause begleiten könnte. Aron hatte mich bis dahin freundlich ignoriert, selten das Wort an mich gerichtet, es war, als hörte ich seine Stimme überhaupt zum ersten Mal.

Aber nun erzählte er. Von seiner Schwester Iris, die ausgezogen war, um mit ihrem Freund zu leben, obwohl sie erst siebzehn war, so alt wie ich. Angeblich hatte ihr Freund sie der Familie entfremdet.

Der Vater hatte gewollt, so sagte Aron, dass sie den Betrieb übernahm, nachdem er bereits an ihm gescheitert war und es dem Kleinen nicht zutraute. »Jetzt wollen sie, dass du das machst«, schloss Aron seine Erzählung lapidar. Ich lachte, mir fiel nichts anderes ein. »Schau es dir selbst an«, sagte er. Daraufhin nahm er ein Foto von seiner Schwester aus der Tasche und zeigte es mir. Meine äußerliche Ähnlichkeit mit ihr war unbestreitbar. Ihre Mutter hatte mich still und heimlich zu ihrem Ebenbild gemacht. Während mein Herz immer schneller schlug und mir die Tränen in die Augen stiegen, zog mich Aron in eine Umarmung. Wir standen bereits vor meiner Haustür. Mir war schwindelig, und er fragte mich, ob er mich noch hinaufbegleiten sollte. Ich dachte mir überhaupt nichts dabei und sagte Ja. Nachdem ich die Tür aufgeschlossen hatte, standen wir unbeholfen im Vorzimmer herum, keiner sagte etwas, und die Situation begann unangenehm zu werden. Als ich all meinen Mut zusammengenommen hatte, um ihm zu sagen, dass ich jetzt lieber doch allein wäre, drückte er mich plötzlich gegen die Wand und begann mich zu küssen. Ich versuchte ihn von mir wegzustoßen, zumindest glaube ich, dass ich das versuchte. Jedenfalls half es nichts, denn er hörte nicht auf. Während er in mich hineinnuschelte, dass ich besonders sei, anders als seine Schwester, anders als alle, aber dass nur er das sehen könne, verließ ich langsam meinen Körper. Es war, als würde ich die Szene völlig teilnahmslos von oben beobachten. Irgendwann war der Bursche da unten mit dem Mädchen fertig. Er glitt aus ihr heraus, während ich wieder in sie hineinglitt. »Das war schön«, sagte er. Ich schob ihn von mir herunter, stand auf und ging in die Küche. Ich brachte ihm noch ein Glas Wasser, daran erinnere ich mich genau. Als ich es mit zittrigen Händen einschenkte, war ich mir sicher, dass er mich geschwängert hatte.

17

Ich ging weiterhin zur Arbeit und zu den Abendessen, versuchte, mir nichts anmerken zu lassen. Selbst wenn ich einmal stiller war als sonst, fiel es den Eltern nicht auf. Sie waren schwer damit beschäftigt, sich nicht dabei ertappen zu lassen, wie sie mich zu ihrer Ersatztochter machten. Ganz nebenbei ließen sie fallen, dass ich doch bei ihnen einziehen könnte, weil ihre Wohnung viel näher an der Tischlerei lag als meine. Ich leistete nur den Widerstand, den die Höflichkeit gebot, sagte oft »Das ist doch nicht nötig«, ließ mich aber schnell zu allem überreden. Bald schon schlief ich in Iris' Bett und trug ihre Kleidung.

Aron, der anfangs peinlich berührt von der Situation gewesen war, akzeptierte mich bald als neue Schwester, wenn er auch Distanz hielt. Als mich die Mutter beim Abendessen einmal unabsichtlich Iris nannte, tat ich so, als hätte ich es nicht gehört, aber als mein Blick den des kleinen Leo traf, wusste ich, dass er ganz genau verstanden hatte, was hier vorging. Nun wusste er auch, dass ich es wusste. Nach dem Essen kam er in mein Zimmer und fragte mich geradeheraus, ob ich eine noch akkuratere Iris werden wollte. Die Frage überraschte mich, aber nicht so sehr wie es mich überraschte, dass ich sofort Ja sagte.

Ab dann machten wir uns mindestens zweimal pro Woche mit einem Fernglas auf in die Gegend, in der die Schwester mit ihrem Freund wohnte, und bespitzelten sie auf ihren Wegen. Ich begann mir Notizen zu ihrer Haltung, ihrem Gang, ihrem Lachen zu machen, abends übte ich Dialoge mit Leo.

Manchmal zog ich auch allein los, kletterte auf die Feuerleiter eines Hauses, das schräg gegenüber ihrer Wohnung lag, und sah Iris und ihrem Freund bei ihrem gemeinsamen Leben zu. Sie wirkten so glücklich, dass man glauben hätte können, sie wüssten, dass man sie beobachtet. Sie sprachen viel miteinander, bedachten einander mit zärtlichen Berührungen und kleinen Aufmerksamkeiten. Aber auch glückliche Beziehungen müssen sich konstant gegen die Bedrohung durch jene, die sie führen, behaupten. Wenn Iris allein war, konnte ich regelrecht miterleben, wie sie zu dieser Bedrohung wurde. Wie sich eine Unruhe in ihren Zügen breitmachte, eine Unzufriedenheit, die sich nicht ewig vor ihrem Freund würde verbergen lassen. Sie liebte ihn sehr, aber trotzdem würde diese Liebe auf Dauer nicht aufwiegen können, was ihr an ihrer Familie fehlte. Und beides – ihn und ihre Familie – konnte sie nicht haben. Sie begann zu denken, dass sie sich falsch entschieden hatte.

Ein Jahr würde sie es vielleicht noch aushalten, vielleicht etwas länger, aber dann würde dieser Gedanke, der jetzt schon an ihr nagte, gnadenlos dafür sorgen, dass sie die Beziehung nach und nach zersetzen würde. Ihr Freund würde nicht verstehen, wieso passierte, was auf einmal passierte, woher ihre Frustration kam, woher all die sinnlosen kleinen Streitigkeiten, die Zurück- und Zurechtweisungen. Niemals würde er auf die Idee kommen, dass sie sich nach dieser Familie sehnte, die er von Anfang an abgelehnt hatte, weil sie ihr nicht guttat. Und weil er nicht auf diese Idee kam, fragte sie sich immer mehr, ob es nicht gestimmt hatte, was ihr Vater von Anfang an gesagt hatte: dass dieser Bursche nicht zu ihr passe. Dass ihr Auszug falsch sei und sie ihn bereuen würde. Dass sie, seine Tochter, aber irgendwann einsichtig sein und dahin zurückkommen würde, wo sie hingehöre.

Sie würde zurückkommen, und zuerst würde es ja auch schön sein mit ihrer Familie. Iris würde herzlich aufgenommen werden, man würde sich über sie freuen, sich um sie kümmern, ihr vielleicht sogar einmal zuhören. Aber bald schon wäre ihre Anwesenheit wieder absolute Normalität. Die alten Zwänge, die Eingeengtheit, die Selbstverständlichkeit, mit der von ihr erwartet wurde, zu tun, was gut für die Familie ist – alles, von dem sie sich gelöst hatte, würde wieder an ihr zu kleben beginnen. Ich wollte sie am liebsten schütteln. Warum konnte sie nicht sehen, dass zu diesen Leuten zurückzugehen ein Fehler war, wenn ich es doch so völlig klar sah?

Was ich auch sah, war die leichte Wölbung meines Bauches, als ich mich eines Tages nackt in Iris' Spiegel betrachtete. Es war die siebzehnte Schwangerschaftswoche, ich wusste, dass ich etwas unternehmen musste, und ich hatte auch längst entschieden, was.

Ich kündigte meine Wohnung und suchte mir unter einem

neuen Namen eine andere. An einem der Tage, an denen mich der Vater Werkstatt und Laden abschließen ließ, nahm ich das ganze Geld aus der Kassa, dann fuhr ich zu Iris und schob ihr einen Brief, in dem ich die ganze Geschichte niedergeschrieben hatte, durch den Türschlitz. Wenn sie wüsste, dass sie sie einfach ersetzt hatten, dachte ich, würde sie ihnen nicht verzeihen. Sie würde nicht zurückgehen. Sie würde verstehen, dass sie von diesen Leuten nichts zu erwarten hatte, und vielleicht würde sie bei ihrem Freund bleiben und mit ihm etwas Besseres aus ihrem Leben machen. Dann verschwand ich und kümmerte mich darum, dass auch die Wölbung des Bauches verschwand.

18

Iris war eine gute Übung. Vor allem eine Übung in der Geduld, die es brauchte, eine andere zu werden. Sie war aber auch eine Warnung, dass das nicht dasselbe bedeutete, wie eine andere zu sein. Ich war zu Hause gewesen, während sie sich ein eigenes Leben aufgebaut hatte, ich war dabei gewesen, in einen Betrieb hineinzuwachsen, in dem sie nicht arbeiten wollte, ich war den Eltern, von denen sie sich abgewandt hatte, die Tochter, die sie so gerne gehabt hätten.

Ich fühlte mich schmutzig. Benutzt von Iris' Familie. Und doch merkte ich nach ein paar Wochen, dass ich etwas vermisste. Zuerst schämte ich mich für das Gefühl und versuchte es zu unterdrücken, aber als es das nicht mit sich machen ließ, begann ich mir die Frage zu stellen, was mir eigentlich so abging. Es war nicht die Tischlerei, nicht das Familienleben und nicht einmal Leo, obwohl er mir ans Herz gewachsen war.

Was ich vermisste, war, mich intensiv mit den Eigenheiten und Angewohnheiten einer Person zu befassen. Ich vermisste es, mich innerlich und äußerlich zu verwandeln, bis ich mich selbst nicht mehr erkannte. Ich vermisste es, ein anderer Mensch zu sein. Ich hatte ein Talent an mir entdeckt, das ich nicht ignorieren wollte, denn vielleicht hatte ich nur das eine. Ich wollte es nutzen, allerdings zu meinen Bedingungen. Eine bessere Version einer anderen Person darzustellen, kam nicht in Frage. Ich wollte nicht zu irgendeiner Versöhnung beitragen oder jemanden über seine Schmerzen hinwegtrösten. Ich wollte nichts überbrücken oder transformieren, ich wollte nichts heilen. Aber die schonungslose Realität einer kaputten Beziehung nachzustellen, das konnte ich mir vorstellen.

Damals zweifelte ich noch daran, dass es Bedarf dafür gab. Ich wusste zwar, dass manche Menschen genau das in einer anderen Person suchten, was sie zur Verzweiflung brachte, ich war mir aber nicht sicher, ob es genug Leute geben würde, die sich das nicht nur eingestanden, sondern daran auch nichts ändern wollten.

Ich brauchte die Einschätzung von jemandem, der sich mit so etwas auskannte.

Von dem Geld, das ich dem Tischler gestohlen hatte – wobei ich mir sagte, dass es kein Diebstahl war, sondern die faire Bezahlung für meine Darstellung von Iris –, war auch nach der Abtreibung noch genug da, um mich beraten zu lassen. Ich traute mich lange nicht, aber eines Nachmittags überwand ich mich schließlich doch und ging zu den Huren. Ich hatte Angst, dass sie mich verscheuchen oder auslachen würden, aber sie hörten sich alles in Ruhe an, stellten gute Fragen und machten mir dann das Angebot, sich unter ihren Klienten umzuhören. Das Geld, das ich ihnen für den Rat anbot, sollte ich behalten, sagten sie, aber wenn sie mir jemanden vermitteln würden, müsste ich ihnen einen Prozentsatz meines Gewinns bezahlen. Das empfand ich als fair. »Eine Sache noch«, sagte eine, »du wirst einen Namen für das, was du da machst, brauchen. Alles lässt sich besser verkaufen, wenn es einen Namen hat.« Sie hatte recht. Ich zerbrach mir lange den Kopf. »Verkörperung« bezog sich zu sehr auf den Körper, »Personifikation« war schwer auszusprechen, »Nachahmung« war banal. Außerdem berücksichtigten all diese Begriffe nicht, dass es ja nicht nur um mich allein und das, was ich tat, ging, sondern auch um die andere Person. Irgendwann kam es mir dann: »Begegnung«. Es fühlte sich sofort richtig an. Es hatte etwas Verbindendes, Beruhigendes und klang trotzdem nach etwas Besonderem. Als ich nach zwei Wochen, wie ausgemacht, wieder bei den Huren auftauchte, hatten sie bereits zwei Interessenten für mich, von denen einer mein erster Klient wurde.

19

Obwohl die Huren die Einzigen waren, die um meine Beschäftigung wussten, führte das nicht zu einer tieferen Verbundenheit oder gar Freundschaft zwischen ihnen und mir. Wir blieben gute Bekannte, die einander schätzten, aber nicht mehr. Die einzige Person, mit der ich mich verbunden fühlte, war Anis, der Arzt, der mir das Kind weggemacht hatte. Und das, obwohl er nichts über mich wusste. Ein paar Tage nach dem Unfall im Schwimmbad ging ich zu ihm. Er umarmte mich. »So gut, dich zu sehen, hübsch siehst du aus, viel besser, wenn ich das so sagen darf. Wie kann ich helfen?«, fragte er.

»Ich bin müde, richtig müde«, sagte ich.

»Also hat's dich auch erwischt.«

»Ja, offenbar. Kannst du mir vielleicht Blut abnehmen oder so, schauen, was los ist?«

»Nichts ist los«, sagte Anis amüsiert.

Ich bestand auf einem Befund, er lehnte ab.

»Warum denn nicht?«, fragte ich verstimmt.

»Weil ich das Blut in ein Labor schaffen muss.«

»Ja, das ist mir schon klar, dass du das nicht hier …«

»Es wird zunehmend schwieriger. Zwei Labore, mit denen ich gearbeitet habe, wurden kürzlich geschlossen. Ich kann froh sein, dass mein Name und meine Praxis nirgendwo schriftlich verzeichnet waren, sonst stünde das System hier wohl auch schon vor der Tür.«

Ich verdrehte die Augen: »Ich dachte, sie lassen euch in Ruhe.«

»Sie lassen uns in Ruhe, solange wir ihnen keinen Grund geben, uns nicht in Ruhe zu lassen. Dinge ins Labor zu schicken sorgt für unnötige Aufmerksamkeit. Ich mache das nur noch, wenn es um Leben und Tod geht.«

»Das tut es doch dauernd bei dir! Außerdem: Ich bin im Schwimmbad eingeschlafen, also im Becken, beim Schwimmen, ich bin fast ertrunken!«, rief ich.

»Man kann nicht einschlafen, während man schwimmt«, sagte er, »alle sind müde, ich auch. Die Sonne scheint in den letzten Jahren einfach weniger, wir produzieren nicht genug Vitamin D, es ist völlig normal, dass wir …«

»Soll ich einfach ins Krankenhaus gehen?«, sagte ich.

»Dort machen sie dir schon gar keinen Blutbefund wegen Müdigkeit. Dort lachen sie dich höchstens aus«, sagte er.

Ich schmollte. Es half.

»In Ordnung«, sagte er endlich, »ich zapfe dir dein Blut ab. Aber sag dann nicht, ich hätte es dir nicht gesagt. Wir werden nichts finden.«

Zwei

20

Zwei Spezies von Insekten, die ich nicht kannte, bevölkerten seit einiger Zeit meine Wohnung. Die einen sahen aus wie Fruchtfliegen, nur dass sie noch kleiner und fragiler waren und sich am liebsten gar nicht vom Boden erhoben. Ab und zu warfen sie ihre Flügelchen an, die in einem wunderschönen Blau schimmerten, um eine kurze Strecke zurückzulegen. Es war, als wollten sie sich selbst beweisen, dass sie es überhaupt noch konnten. Dann nahmen sie wieder erschöpft Platz.

Die andere Sorte glich Silberfischen. Diese Tiere waren noch träger als die Fliegen, wirkten lebensmüde, wie sie schutzlos auf der Wand oder auf dem Boden saßen, als würden sie nur darauf warten, dass man sie erschlug. Manchmal glaubte ich, dass sie die Gleichgültigkeit nur spielten und gar nicht ihren eigenen Tod herbeisehnten, sondern meinten, dass sie nur darauf warteten, sich endlich über mich herzumachen.

Diesen Gedanken würde ich nicht mit Juri teilen, wenn ich ihn das nächste Mal sah, aber ich würde ihn fragen, ob er diese Insekten kannte und ob sie Kaltgeburten waren. So nannte man die Spezies, die sich erst entwickelt hatten, seit die Temperaturen gefallen waren. Er würde mich sicher ausbessern, den Fachbegriff nennen. Ich musste lächeln. Es bereitete mir Sorge, dass ich mich für das Bürschchen zu erwärmen begann. Gut, dass ich mich entschieden hatte, Gils Auftrag anzunehmen. Zeit mit ihm zu verbringen würde die schiefen Gedanken an Juri verscheuchen.

Gil wohnte in einem der äußeren Teile der Siedlung, wo die Einfamilienhäuser standen. Entsprechend den Wohnblocks und Buden hatten auch die einzelnen Gebäude den gleichen Grundriss. In dieser Straße hatte Gils Firma alle gebaut. Er durfte sich das schönste aussuchen, wie er mir nicht ohne Stolz erzählt hatte. Ich verstand nicht, was seines schöner als die anderen machte; sogar später, als ich schon einige Male zu Gil gefahren war, fand ich das richtige Haus nicht immer sofort, so ununterscheidbar waren sie. Aber ich hatte ihn nicht in Frage stellen wollen – zumindest noch nicht.

Die Räume dieser zweistöckigen, lichtdurchdrungenen Würfel waren höher als in den Blocks, das Holz feiner und heller. Im Erdgeschoss konnte man eine große, gläserne Schiebetür zum Garten hin öffnen, den ich bereits vom ersten Video, das mir Gil gezeigt hatte, kannte, nur dass er jetzt in einem verwahrlosten Zustand war. Ich schloss daraus, dass er ihre Sphäre gewesen war.

Im Innenbereich war alles makellos geputzt und aufgeräumt, die Einrichtung war in cremigen Beige- und Weißtönen gehalten, nichts wirkte sonderlich benutzt. Nur der Kühlschrank – ein echter Luxus, wenn man einen hatte – passte nicht ins Ensemble, er war offensichtlich stark gebraucht von draußen erworben worden, hatte nicht nur eine hässliche, gelbliche Farbe, sondern auch viele Kratzer. »Wo ist denn die Katze?«, fragte ich Gil, um irgendetwas zu sagen. Ich deutete in Richtung der Katzenklappe, die sich neben der Eingangstür befand. »Ach, die ist vor langer Zeit weggelaufen. Sie laufen mir ja alle davon«, sagte er mit einem bitteren Lächeln.

Dann führte er mich ins Obergeschoss, das aus einem

geräumigen Schlafzimmer mit angeschlossenem Bad bestand. Auch diese beiden Räume kannte ich schon von den Videos. Einen kleinen dritten Raum gab es auch noch, der wohl für ein Kind gedacht, aber schreiend leer war. Gil sagte dazu nichts, machte kehrt und sich wieder auf den Weg nach unten; ich folgte ihm. Die Führung war damit abgeschlossen, und wir setzten uns einander gegenüber auf die beiden viel zu weichen Sofas.

21

Gil lehnte sich zurück und wieder nach vor, überschlug die Beine, nur um sie dann gleich wieder nebeneinanderzustellen und zu wippen, anstatt sich einfach mit der Sitzposition abzufinden, in die ihn das Sofa hatte sinken lassen. Lange versuchte er meinem Blick auszuweichen, dann sah er mich ratlos an. »Gil«, sagte ich, »beginnen Sie einfach ganz von vorne. Erzählen Sie mir, wie Sie Emma kennengelernt haben.« Ich hatte im Laufe der Jahre gelernt, dass man Befehle nur mit ganz sanfter Stimme erteilen musste, damit sie nicht als solche wahrgenommen und deswegen befolgt werden. Gil war keine Ausnahme, es funktionierte auch bei ihm. Er schaute mir nicht in die Augen, sondern fixierte einen Punkt neben mir. Es half ihm, das alles an jemandem vorbei zu erzählen. Er ging chronologisch vor und sprach langsam und konzentriert. Und zeitweise wirkte er selbst erstaunt über diese seltsame Liebesgeschichte, in der die eine Person sich zuerst in das Leben der anderen hineinreklamiert hatte, bis die andere nicht mehr ohne sie konnte. Ganz so, als wäre er nicht diese andere Person.

»Emma …«, begann er, und kurz wirkte es, als würde er mich ansprechen, als wäre ich schon sie, doch dann setzte er fort – »ich lernte Emma ungefähr vor sieben Jahren kennen. Sie war mir auch davor immer wieder aufgefallen, wenn ich sie bei der Arbeit sah. Wie ich Ihnen ja schon erzählt habe, bauen wir Häuser, meine Firma baut Häuser. Und Emma arbeitete in einer Firma, die Gärten plant. Die beiden Firmen wurden öfter für die gleichen Projekte beauftragt, werden sie noch immer. Vor sieben Jahren wurde dann der große Komplex im Süden, der mit dem Dachgarten, revitalisiert. Vielleicht kennen Sie ihn?«

Seltsamerweise kannte ich ihn nicht, obwohl ich gedacht hatte, dass ich wirklich alles in dieser Siedlung kennen müsste. Trotzdem nickte ich wieder, um seinen Redefluss nicht zu unterbrechen.

»An dem neuen Dachgarten hatte sie mitgeplant. Sie war damals erst 25, aber sehr selbstsicher, sehr kompetent. Es war ein ziemlich großes Projekt, und wir sahen einander oft auf der Baustelle. Sie hatte auch immer so ein Notizheft dabei – wie Sie.« Er lächelte, und die Falten, die sich dabei um seine Mundwinkel bildeten, gaben ihm etwas Mildes. »Sie war ganz fokussiert auf ihre Arbeit, das gefiel mir. Normalerweise kommen die Planer nur ab und zu vorbei, um den Fortschritt zu überprüfen, sie aber kam fast täglich, plauderte mit den Arbeitern, sie war sehr charmant. Denen gefiel sie auch, das wusste sie natürlich. Ich hielt mich in ihrer Nähe auf, ab und zu versuchte ich sie in Gespräche zu verwickeln, aber da kam nicht viel zurück.«

»Und das spornte Sie an?«, fragte ich.

»Na ja. Ihr Desinteresse an mir war einfach zu auffällig.«

»Was meinen Sie damit?

»Dass sie eigentlich interessiert war, aber dass sie sich einen Spaß daraus machte, mich zu ignorieren. Um ehrlich zu sein: Es ärgerte mich, wie sie sich verhielt. Ich wollte sie sogar damit konfrontieren. Nur gab es ja nichts, mit dem ich sie konfrontieren hätte können, streng genommen machte sie ja nichts. Aber dazu kam es dann nicht mehr. Der Dachgarten war fertig geworden, und sie tauchte nicht mehr auf der Baustelle auf. Dann sah ich sie wohl ein Jahr nicht. Und dann wurde dieses Projekt hier gebaut …« Gil zeigte um sich.

»… und Emmas Firma plante die Gärten«, ergänzte ich.

»Nein. Ich hatte es irgendwie auch gehofft, ich hätte gerne gewusst, ob es dann wieder so eine Spannung zwischen uns gegeben hätte. Aber eine andere Firma war mit den Gärten beauftragt worden. Ich war damals oft hier auf der Baustelle, ich wollte meinem eigenen Haus beim Entstehen zuschauen. Eines Tages stand Emma dann hier drin, einfach so. Genau hier, wo wir jetzt sitzen. Ich kletterte gerade die Leiter herunter, die damals noch statt der Treppe da stand, und als ich mich umdrehte, stand sie da.«

Ich schaute perplex.

»Ja, das war auch meine Reaktion, das können Sie mir glauben«, sagte er, »ich habe sie gefragt, was sie hier wollte. Sie antwortete, dass sie wegen des Gartens da sei. ›Wenn ich hier einziehen soll‹, sagte sie, ›möchte ich meinen Garten selbst anlegen.‹ Wirklich, ganz genau so sagte sie es. Ich hätte mir damals schon denken müssen, dass sie … na ja …«

»Etwas eigen war«, versuchte ich seinen Satz zu vervollständigen.

»Wahnsinnig«, sagte er.

Mein Interesse an Emma wuchs, ich spürte es richtiggehend in meinem Bauch kribbeln. Ein bisschen verrücktspielen, das hatte ich lange nicht mehr gemacht. Ich versuchte mir meine Vorfreude auf die Begegnung nicht anmerken zu lassen, um Gil nicht zu abzulenken. Er war aber mittlerweile ohnehin tief in seine Erzählung versunken.

22

Nach Emmas erstem Auftauchen kam sie immer wieder unangekündigt vorbei, setzte sich im Schneidersitz auf den frisch verlegten Wohnzimmerboden und skizzierte in ihrem Notizheft, wie sie den Garten bepflanzen würde. Sie tat das vor allem, so glaubte er, damit er sie dabei beobachtete. Sie verführte ihn so offensiv, dass man es eigentlich nicht mehr als Verführung bezeichnen konnte. Wie sie sein Haus in Beschlag genommen hatte und ihn als Gast dort duldete – er wusste nicht, wie ihm geschah, und das war aufregend für ihn.

Sie ließ Pflanzen und Gerätschaften liefern, und er erledigte Arbeiten, für die sie ihn einteilte. Das sollte sich nicht nur auf den Garten beschränken; auch, was die Einrichtung des Hauses betraf, hatte sie ihre Vorstellungen, die sie ganz beiläufig fallen ließ. Er verstand sie als die Anweisungen, als die sie auch gemeint waren, und leistet ihnen Folge.

Nach einigen Wochen entwickelte sie auch Ideen für ihn. Sie richtete seinen Körper ein, mit der Kleidung, die sie für gut befand, und Schuhen, die dazu passten, sie revitalisierte ihn wie einen Komplex. Schließlich begann sie auch mit ihm zu schlafen. Auch dabei richtete sie ihn auf und unter sich ein, wie es ihr gefiel. In jeder Hinsicht war er ein Werkzeug für sie, das war eine neue Erfahrung für ihn. Er wusste, dass sie ihn jederzeit entsorgen konnte, und das machte ihm Angst.

Das ging einige Monate lang so. Sie kam, wann sie wollte, machte, was sie wollte. Er hätte damals nicht sagen können, ob sie überhaupt zusammen waren.

Also versuchte er sich unabdingbar zu machen, sie in seinem Leben zu verankern. Und er glaubte, Erfolge zu verbuchen, denn ein Jahr nachdem sie den längst fertiggestellten Garten anzulegen begonnen hatte, zog sie wirklich bei ihm ein. Auch das tat sie einfach so, ohne ihn zu fragen. Sie brachte eines Abends einfach ein paar Koffer mit.

Er hatte sie längst seinen Freunden vorgestellt, versuchte seine Freunde zu ihren gemeinsamen zu machen, aber Emma blieb auf Distanz. Ihre Anwesenheit bei solchen Treffen war nicht mehr als ein Gefallen ihrerseits, und obwohl sie das niemanden sonst spüren ließ – tatsächlich war Emma unglaublich empathisch und aufmerksam, erzählte von den Projekten, an denen Gil arbeitete, von den Herausforderungen, die er meisterte –, ließ sie es ihn spüren, wenn sie allein waren. Seine Freunde bestätigten ihm seine Unterlegenheit, obwohl sie es als Kompliment meinten. »Wie hast du nur so eine Frau bekommen«, sagten sie. Er fühlte sich geschmeichelt und stolz, gleichzeitig gefiel es ihm nicht, wie sie ihn in den Schatten stellte. Er wollte es ignorieren, bemühte sich so sehr, es zu ignorieren, dass es ihm immer mehr auffiel: wie sie sich Bemerkungen verkniff; wie sie versuchte, ihre Langeweile zu verbergen, wenn er ihr von seinem Arbeitstag erzählte. Dann verlor er manchmal die Geduld; sie stritten, heftig. Er führte nicht aus, was ich mir unter »heftig« vorzustellen hatte, aber das würde ich schon noch sehen, dachte ich. Gil schien zuvor keine Erfahrungen mit Frauen gemacht zu haben, die ihn überforderten; es wunderte mich nicht, dass er auf das Unbekannte mit Aggression reagierte.

Was aber fand sie an ihm? Ich begann es langsam zu verstehen, als er mir von Emmas anderer Seite erzählte. Zuerst versuchte er sich nicht zu viel dabei zu denken, wenn Emma sich einige Tage lang zurückzog, kaum mit ihm sprach, wenig aß und sich hinlegte, sobald sie nach Hause kam. Die Präsenz dieser Emma wurde nach und nach stärker. Das erste Mal, als sie tagelang nicht zur Arbeit ging, dachte er noch, sie hätte sich irgendetwas eingefangen. Er brachte ihr Tee ans Bett, wollte sie pflegen. Sie war irgendwo anders. Allein dieser Blick bereitete ihm Sorgen. Drei Jahre nachdem sie eingezogen war, und ein Jahr nach der Hochzeit, hörte sie ganz auf zu arbeiten. Er sagte nichts dazu. Wie so oft, wusste er nicht, was. Manchmal flehte sie ihn in der Früh an, sie nicht allein zu lassen, und dann weinte und schrie sie. Manchmal stand sie an der Glastür zum Garten hin, wenn er nach Hause kam, aber sie öffnete sie nicht, weil sie dann für nichts mehr garantieren konnte, wie sie sagte. Manchmal fragte sie Gil nur, ob er es nicht auch spürte, und wenn er sie fragte, was »es« war, wandte sie sich nur enttäuscht von ihm ab.

Es sollte nicht lang dauern, bis zwei Grenzer vor seiner Tür standen, die zitternde, zu Boden schauende Emma in ihrer Mitte. Es war ein Bild, so verkehrt, dass es sich ihm einprägte:

zwei Jugendliche, fast Kinder, die sich wie Erwachsene benahmen, und eine Erwachsene, die wie ein Kind wirkte, das etwas angestellt hatte und dabei ertappt worden war. »Wir haben sie am Waldrand aufgegriffen«, sagten die Grenzer zu ihm, »Ihre Frau ist verwirrt.« Und weiter, dass es nicht ihre Aufgabe sei, jemanden davon abzuhalten, die Siedlung zu verlassen, aber dass sie nur dagestanden hatte, ab und zu den Fuß gehoben und ihn in der Luft über die Grenze gehalten hatte, bevor sie ihn wieder zurückzog. Nachdem sie sich das eine halbe Stunde lang angesehen hatten, beschlossen die Grenzer, dass man wohl etwas unternehmen sollte, und brachten Emma, die das widerstandslos mit sich geschehen ließ, nach Hause.

Danach war Emma öfter nicht da, wenn er von der Arbeit kam. Gil begann sich selbst darum zu kümmern, sie im Wald aufzulesen und nach Hause zu bringen, noch bevor sie besonders weit gekommen war. Das zumindest konnte er erledigen. Eine erneute peinliche Situation mit den Grenzern wollte er verhindern, Probleme mit dem System vermeiden.

Emma mochte Gil zwar auf so vielen Ebenen überlegen sein, sie mochte ihn verhöhnen, aber eigentlich brauchte sie jemanden wie ihn, der auf sie aufpasste – zumindest deutete Gil das so aus, denn es war ganz in seinem Sinne, eine Aufgabe zu haben.

23

Gil und ich beschränkten die Begegnung anfangs auf Wochentage, an denen er arbeitete. Ich würde vorerst montags, dienstags und freitags kommen und die Tage allein verbringen. Die Abende hätten wir dann gemeinsam, um langsam in einen Rhythmus hineinzufinden. Sobald ich in der Früh die Türschwelle übertreten hatte, würde ich Emma sein. Als solche hatte er mich dann anzusprechen und zu behandeln. Nachdem er abends eingeschlafen war, würde ich gehen.

Auch er hatte seine Regeln formuliert. Die wichtigste lautete, dass ich das Haus – außer, wenn ich kam und ging – nicht zu verlassen hatte. Die Nachbarn sollten mich am besten gar nicht bemerken, das würde nur zu Tratsch führen, den man hier, wo alles weniger anonym war als im Zentrum der Siedlung, besonders gern mochte.

Eigentlich ging es Gil um Kontrolle. Er wollte nicht, dass ihm noch eine Emma abhandenkam. Gleichzeitig wusste er auch, dass ich mich seinen Anweisungen irgendwann widersetzen würde müssen, um meine Rolle wirklich auszufüllen. Darüber herrschte stilles Einvernehmen zwischen uns.

Ich kam noch in derselben Woche, in der ich zum ersten Mal bei ihm zu Hause gewesen war, ein weiteres Mal vorbei. Bevor Gil zur Arbeit ging, stand ich vor der Tür, er ließ mich hinein und wünschte mir einen schönen Tag, dabei berührte er mich zaghaft an der Schulter, so als würde er ein neuartiges Wesen befühlen, von dem er noch nicht wusste, ob es zutraulich war oder beißen würde. Ich war schon nicht mehr ich, die Dienstleisterin, die er beauftragt hatte, aber ich war auch noch nicht Emma. Wir befanden uns auf der Schwelle zur Begegnung.

Nach der Verabschiedung inspizierte ich den Kasten im Schlafzimmer. Gil hatte alles vorbereitet. Er hatte Kleidungsstücke für mich gekauft, die er inszeniert hatte, als wären es Emmas alte. So wie er von Emma gesagt hatte, dass ihr Desinteresse an ihm »zu auffällig« war, war er zu auffällig dabei vorgegangen, die Kleidungsstücke getragen aussehen zu lassen. Einer neuen Bluse hatte er einen Weinfleck verpasst.

Ich ging weiter ins Bad, wo sich nun ein ganzes Arsenal an Cremes und Pflegeprodukten befand; auch hier hatte Gil dafür gesorgt, dass sie angebrochen aussahen. Ich stellte mir vor, wie er die Tiegel vorsichtig von ihren Schutzfolien befreit und mit einem Löffel – seine Finger hatte er sicher nicht verwendet – ein Drittel des Inhalts im Müll verschwinden hatte lassen. Ich schaute in den Spiegel, dann wusch ich mir das Gesicht, wählte zwei Cremes, eine für die Augen, eine für den Rest, und massierte sie mir in die Haut, dann zog ich mich bis auf die Unterwäsche aus, drehte mich um und schaute durch die offene Tür auf das leere Bett. »Magst du das?«, fragte ich in den leeren Raum hinein. Ich traf den richtigen Ton.

Das Haus wirkte, als wäre Emma nie da gewesen, nur der winterlich tote Garten, in dem einzig der Kirschlorbeer aussah, als würde er sich wiederbeleben lassen, bezeugte ihre frühere Anwesenheit. Zwischen zwei großen Töpfen fand ich eine Latzhose, die ihr gehört haben musste. Er hatte sie wohl übersehen. Alles andere hatte er entsorgt. Bis auf eine weitere Sache, die aber auch mit dem Garten zu tun hatte. In einer Kommode lag eines ihrer Notizhefte, das aussah wie meines – tatsächlich war es die gleiche Sorte, es hatte nur eine andere Farbe –, in dem sie die Skizzen für den Garten gemacht hatte. Es waren nur an die zehn Seiten locker befüllt, die restlichen Blätter waren leer. Ich setzte mich zwischen die weichen Sofas auf den Boden und starrte durch die Glastür hinaus, das Heft in meinem Schoß. Mit dem Finger fuhr ich an den Strichen entlang, aus denen sich die grauen Bäumchen und Sträucher auf dem Papier zusammensetzten, von denen im Garten kaum noch etwas zu sehen war. Ich versuchte, mich Emma nahe zu fühlen.

24

In Gils Haus fror ich viel mehr als in meiner Wohnung, obwohl es so neu und sicher viel besser gedämmt war als die Blocks. Irgendwie schien das kalte Draußen immer einen Weg ins Drinnen zu finden, durch die kleinsten Ritzen im Holz in mich hinein. Ein leichtes Zittern war mein Dauerzustand. Manchmal legte ich mich mit einer Decke auf eines der Sofas, nickte ein bisschen ein, und die Emma, die ich mir in Gedanken zusammenbaute, vermischte sich mit dem Blut im Mund, das mir diese Halbträume immer wieder brachten. Dass ich immer noch so müde war, obwohl ich mich besser ernährte und Sport machte, beunruhigte mich, also fuhr ich an einem der ersten Tage der Begegnung zu Anis. Ich klopfte, aber niemand machte auf. Ich drückte die Türschnalle hinunter, und entgegen meiner Vermutung war die Tür nicht versperrt. Ich trat in die Praxis und arbeitete mich in Anis' Untersuchungskeller vor, wo ich ihn an seinem Schreibtisch vorfand. Sein

Kopf lag auf der Tischplatte, und sein Mund war geöffnet. Ich dachte kurz, er könnte tot sein, aber plötzlich schnarchte es aus ihm heraus. »Anis«, rief ich, und er fuhr völlig desorientiert hoch. Als er mich sah, begann er breit zu grinsen, nahm seine Brille vom Tisch und schob sie sich auf die Nase. »Wieso erschreckst du mich denn so?«

»Ich dich? Ich dachte, du wärst tot.«

»Sehr nett.«

Er stand langsam auf, schien Schmerzen in den Gliedern zu haben, versuchte sich aber nichts anmerken zu lassen. Sogleich ging er daran, mir einen Tee zu machen.

»Wie kann ich dir helfen?«, fragte er schließlich.

»Ist mein Blutbefund gekommen?«

»Welcher Blut… ach ja«, sagte Anis, unterbrach das Teekochen, das er auch nicht mehr zu Ende bringen würde, und begann in seinen Kästen zu kramen. Er öffnete eine Lade, auf der kein Buchstabe klebte. Mir wurde plötzlich bewusst, dass Anis auch keine Ahnung hatte, wie ich hieß. Ich hatte es ihm wohl nie gesagt, er hatte nie gefragt. Er kramte ein Kuvert hervor, nahm seinen Inhalt heraus und begann durch die Seiten zu blättern.

Als er fertig war, sah er mich mit diesem wissenden Ärzteblick an und sagte: »Liebes, wie bereits vermutet, fehlt dir gar nichts. Deine Blutwerte sind fast so schön wie dein Lächeln.«

Normalerweise hätte ich darauf etwas Zynisches gesagt, stattdessen starrte ich ins Leere.

»Alles in Ordnung?«, fragte Anis.

Mit irgendjemandem musste ich über die Sache reden, aber was sollte ich schon sagen? Ich versuchte es mit einer Frage:

»Sag mal, kommen manchmal Frauen zu dir, die die Siedlung verlassen wollen?«

»Du hast nicht vor, die Siedlung zu verlassen, oder?«, antwortete er alarmiert.

»Nein, selbstverständlich nicht«, beschwichtigte ich ihn.

»Die Frauen, die zu mir kommen, haben meistens ein anderes akutes Problem. Das weißt du doch.«

»Ja, stimmt«, sagte ich.

»Warum beschäftigt dich das?«

Ich antwortete nicht.

»Glaubst du, die Leute, die die Siedlung verlassen, schaffen es in eine andere?«, fragte ich stattdessen.

»Nein, unmöglich«, sagte Anis.

»Aber du glaubst schon, dass es draußen bessere Orte gibt, oder?«

»Besser, was ist schon besser? Anders vielleicht.« Er dachte nach. »Aber selbst wenn es draußen objektiv bessere Orte gäbe, man würde sie ohnehin nie lebend erreichen. Es ist auch wirklich sinnlos, solche Hirngespinste … Es sollte einfach jeder sein Möglichstes tun, um hier etwas zu verbessern.«

»Wie Kinder abtreiben?«, rutschte es mir heraus. Anis' Augenbrauen wurden zu Blitzen. »Also erstens treibe ich keine Kinder ab, sondern Embryonen und Föten«, sagte er, »und mit ›verbessern‹ meine ich, dass ich mich um die Frauen, die zu mir kommen, kümmere, weil sie sonst nirgendwohin gehen können. Das ist mein Beitrag.« Obwohl Anis nicht wusste, womit ich meine Zeit ausfüllte, schien er sich sicher zu sein, dass ich in keinem Fall einen positiven Beitrag zu irgendetwas leistete. Zumindest schwang das in seiner Aussage mit. »Entschuldige bitte«, sagte ich. »Was ich dir sagen kann«, setzte er nach, »ist, dass ich im letzten Jahr zwanzig Prozent mehr Patientinnen als im Vorjahr hatte – jaja, das habe ich ausgerechnet –, die abtreiben wollten, weil sie vergewaltigt worden waren.« Beim Wort ›vergewaltigt‹ zuckte ich zusammen, aber er merkte es nicht. »Die Gewalt in der Siedlung nimmt zu, das merkt man überall. Es liegt so eine … so eine Aggression in der Luft, so eine Spannung … findest du nicht?«

Vielleicht hatte Anis recht, vielleicht übertrieb er – er neigte dazu. »Die Verbote … das wirkt alles nicht mehr«, sagte er noch und schüttelte den Kopf, dann legte er mir meinen Befund vor die Nase und ließ mich bezahlen.

25

Anis hatte mir zwar kein Medikament gegeben, trotzdem begann es mir nach dem Besuch bei ihm sofort besser zu gehen, und auch wenn das reiner Zufall war, war ich ihm dankbar dafür. Bereits am nächsten Tag fühlte ich mich wacher, fast schon schwungvoll. Ich ging daran, mir einen Tagesablauf zusammenzustellen, der mich beschäftigt hielt. An den Vormittagen führte ich Buch, versuchte die neuen Informationen, die ich durch das Zusammensein mit Gil über die Beziehung erhielt, an den richtigen Plätzen abzulegen wie bei einem Puzzle. Noch fehlten einige Teile, aber bald schon würde sich ein stimmiges Bild ergeben. Das hoffte ich zumindest.

Er hatte mir Emma gut beschrieben. Auf der einen Seite scharfsinnig, dominant, manchmal boshaft, auf der anderen labil und depressiv. Mit dieser Sorte Mensch hatte ich bereits Erfahrungen gemacht; auf die Angriffe folgte das Selbstmitleid, auf die Härte das Zerfließen, auf das Schreien das Schluchzen.

Unsicher war ich mir, ob Emma wirklich »wahnsinnig« gewesen war, oder ob Gil ihr das nur unterstellt hatte, wie viele Männer Frauen Irrationalität unterstellen, wenn sie sie nicht lenken können. Es war genauso gut möglich, dass Emma die Siedlung nur verlassen hatte, weil sie von ihm wegwollte, aber wusste, dass sie in depressiven Phasen immer wieder zu ihm zurückkommen würde. Sie wäre nicht die erste Frau gewesen, die den Suizid einer unglücklichen Beziehung vorzog. Vielleicht war das Verlassen der Siedlung die einzige Möglichkeit, sich ihm vollkommen zu entziehen.

An den Nachmittagen machte ich mindestens eine Stunde lang Sport auf einer Matte, die ich im Schlafzimmerkasten gefunden hatte, danach zog ich mir Emmas Latzhose an und ging hinaus, wo ich mich halbherzig dem Garten widmete. Die Erde schien mir nicht besonders fruchtbar zu sein, vielleicht war ich aber auch nicht begabt dafür, etwas zum Wachsen zu bringen. Bald würde es Frühling sein, dann könnte ich ernsthafter versuchen, den Garten wieder in seinen früheren Zustand zu bringen.

Ein bis zwei Stunden bevor Gil nach Hause kam, begann ich das Abendessen vorzubereiten. Die Zutaten dafür wurden pünktlich um zwölf Uhr durch die Katzenklappe geschoben. Offenbar gab es auch in dieser Zone Budenbesitzer, die Lieferdienste anboten. Die Qualität der Produkte war deutlich besser, als ich es aus meiner Zone gewohnt war, und obwohl ich eigentlich nie gerne gekocht hatte, machte es mir auf einmal Spaß, wie es auch Emma Spaß gemacht hatte. Ich hielt das Haus sauber, aber immer in leichter Unordnung, wie sie es getan hatte. Diese Dinge wusste ich, weil ich bereits beim ersten Treffen allen Klienten einen Fragebogen mitgab, in dem es genau um solche, auf den ersten Blick harmlose Themen ging. Der Fragebogen unterschied sich nach Art der Begegnung; bei romantischen Beziehungen, in denen die Partner zusammenlebten, ging es viel um den Haushalt, wer kochte, wer putzte, wie Ordnung und Sauberkeit definiert waren, wer wie und wie lange schlief, wann aufstand, was frühstückte oder nicht, und so weiter. Der Fragebogen half auch dabei, mehr über die Gewohnheiten der Klienten zu erfahren, die oft wenig von sich selbst preisgaben, weil sie dachten, dass für mich nur relevant sei, wie die Person, die ich spielte, sich verhalten hatte. Aber ich musste viel über die Klienten selbst wissen, um eine erfolgreiche Begegnung garantieren zu können.

Ein Detail, das sich nach wenigen Tagen mit Gil bereits zeigte, war, dass er den Haushalt gerne ordentlicher gehabt hätte, als Emma ihn geführt hatte. Gil war – das war mir ja bereits klar – ein Mensch, der alles unter Kontrolle haben wollte, und das zeigte sich in jeder Facette seines Seins und Tuns. Alles musste am rechten Platz sein. Natürlich ging es um mehr als die moderate Unordnung, die Emma verursachte. Es ärgerte Gil, dass sie sich nicht mit der gleichen Gewissenhaftigkeit um das gemeinsame Haus kümmerte, die sie auf ihr eigenes Erscheinungsbild verwendete.

Wenn Gil nach Hause kam, räumte er erst einmal irgendwelche Socken weg, die ich im Wohnzimmer verteilt hatte, was ihn umgehend in einen Zustand der Gereiztheit versetzte, der die ideale Basis für unsere gemeinsamen Abende war. Ich provozierte ihn weiter, indem ich Dinge tat, von denen ich wusste, dass sie ihn ärgerten. Wenn er von seiner Arbeit erzählte, wie er es meistens tat, wenn er sich über die Kollegen ausließ, die ihre Aufgaben nicht so verrichteten, wie Gil sich das vorstellte, unterbrach ich ihn und wechselte das Thema. Manchmal tat ich so, als hätte ich die Namen seiner Kollegen vergessen, zeigte mein Desinteresse an seiner Arbeit, die so wichtig für ihn war, und damit auch an ihm. Dann konnte er wirklich wütend werden. Wenn ich mich dann kühl verhielt und ihn ein Kind nannte, das sich nicht im Griff hatte, tobte er in einer Unverhältnismäßigkeit, die fast schon skurril war. Das Schweigen, das auf seine Ausbrüche folgte, war so intensiv, dass es mir laut vorkam. Oft redeten wir dann zwei ganze Abende nicht miteinander, bis er irgendwann einknickte.

Er entschuldigte sich nie mit Worten, er brachte mir aber kleine Aufmerksamkeiten mit, die diesen Namen nicht verdienten, weil sie so gedankenlos waren. Einmal schenkte er mir nach einer unserer Auseinandersetzungen dunkelgrüne Schuhe aus Samt mit keilförmigen Absätzen, die tatsächlich sehr hübsch waren, nur viel zu klein – nicht nur mir, sondern sicher auch Emma. Niemand konnte so kleine Füßchen haben. Außerdem hätte ich damit nirgendwohin gehen können, da ich das Haus ja nicht verlassen durfte. Als ich ihm das genau so verächtlich sagte, wie Emma es wohl getan hätte, sah ich, wie er seine Faust ballte. Er beherrschte sich, aber es kostete ihn viel. Er stürmte aus dem Haus, und als er zurückkam, hatten seine Hände die Wunden, die mein Gesicht nicht hatte.

Ich hielt Gil zu diesem Zeitpunkt für einen äußerst durchschnittlichen Mann, das heißt, für einen potenziell gefährlichen. Und trotzdem war ich mir ziemlich sicher, dass es immer so ausgehen würde. Er würde die Kontrolle, die ihm so wichtig war, über sich selbst behalten. Nie würde er mir auch nur ein einziges Haar krümmen – nicht etwa, weil er ein moralisches Problem damit gehabt hätte, mich zu verprügeln, sondern weil er, systemkonform wie er war, nicht gegen das Gesetz verstoßen wollte. Trotzdem: Die Möglichkeit, dass er bei irgendeinem Streit die Nerven verlieren würde, bestand. Sicher war ich mir, dass die körperliche zumindest die einzige Form von Gewalt sein würde, die ich von Gil zu befürchten hatte. Er war kein Stratege, niemand, der Spielchen spielte oder manipulierte – zumindest dachte ich das. Bis etwas passierte, das mich an meiner Einschätzung zweifeln ließ.

26

Es war einer der ersten wärmeren Tage im März, das Wetter war gut genug, um die Wäsche im Garten aufzuhängen. Die über Nacht eingeweichte Wäsche auszuspülen, auszuwringen und aufzuhängen gehörte zu den Hausarbeiten, die ich am wenigsten mochte. Ich überlegte sogar, ob ich Gil bitten sollte, eine Waschmaschine von draußen zu besorgen, aber vermutlich würde es so lange dauern, bis eine verfügbar wäre, dass die Begegnung dann schon vorbei wäre und ich nichts von ihr hätte.

Nachdem ich einige Wäschestücke aufgehängt hatte, fiel mir auf, dass etwas fehlte. Emmas Latzhose war nicht da. Ich konnte mich ganz genau erinnern, dass ich sie am Vorabend auf den

Haufen mit den anderen Kleidungsstücken geworfen hatte. Ich durchwühlte die übrige Schmutzwäsche, aber auch dort war sie nicht. Ich durchsuchte die Kästen im Schlafzimmer, dann ging ich in den Garten und schaute an dem Platz nach, an dem ich sie gefunden hatte. Dann wiederholte ich das ganze Prozedere, nur, dass ich dieses Mal noch sorgfältiger vorging. Ich durchsuchte nun jeden Kasten im Haus, jede Kommode, jede Lade, sogar die für das Besteck in der Küche. Ich machte weiter, obwohl ich längst wusste, dass Gil sie genommen haben musste, wer sollte es sonst gewesen sein.

Wir hatten am Vorabend gestritten; wie immer war es dabei um etwas lächerlich Unwichtiges gegangen. Der Streit endete damit, dass Gil mit der flachen Hand so dermaßen hart auf den Esstisch drosch, dass ein Glas herunterfiel und zersprang. Und weil das meine Schuld war, wie er sagte, wollte er, dass ich die Scherben aufräumte, was ich natürlich nicht tat, weswegen er es tat und sich dabei schnitt, was ihn noch wütender machte. Ich sagte, dass er sogar unfähig sei, Scherben aufzuheben, und rechnete schon damit, dass nun der Moment gekommen sein könnte, an dem er die Fassung verlieren würde. Aber er tat mir nichts. Er ging ins Badezimmer, verarztete seine Schnittwunde und sprach kein Wort mehr mit mir. Nachdem ich die Wäsche eingeweicht hatte, ging ich nach Hause.

Ich konnte mir zwar vorstellen, dass er es mir heimzahlen wollte, aber es war überhaupt nicht seine Art, etwas Perfides zu tun: die Hose wegzunehmen, weil Emma sie für die einzige Sache, die ihr Freude bereitete, brauchte, ihren Garten. Es wühlte mich mehr auf, als es sollte. Ich ärgerte mich über meine Unprofessionalität.

Als er am Abend nach Hause kam, hatte ich mich wieder im Griff. Ich stand mit verschränkten Armen da, bereit, ihn zu konfrontieren.

»Wo ist sie?«, sagte ich, bevor er noch grüßen konnte.

»Wer?«

»Das weißt du ganz genau … Gib sie einfach her.«

Er sah verwirrt aus, ehrlich verwirrt.

»Die Hose für die Gartenarbeit«, buchstabierte ich langsam. »Hast du sie weggeworfen?«

»Warum sollte ich denn …?«, fragte er.

Wir musterten einander, voller gegenseitigem Misstrauen. Ich merkte, dass er kurz davor war, sich auf den Streit einzulassen, doch dann atmete er durch und sagte so ruhig er konnte: »Ich schwöre, dass ich sie nicht einmal gesehen habe. Vielleicht ist sie …«

»Nein, ich habe überall geschaut«, unterbrach ich ihn entnervt.

Er zuckte mit den Schultern. »Sie war ohnehin alt. Ich kauf dir eine neue.«

Er musste lügen. Natürlich log er, aber es fühlte sich nicht so an. Die Latzhose tauchte jedenfalls nicht wieder auf.

27

Es war ein Donnerstag, als Juri vor meiner Tür stand, als wäre es nicht das erste Mal. Vielleicht war es das auch nicht, ich kam ja an drei Tagen die Woche erst sehr spät nach Hause. Ich hatte ihm nicht gesagt, wo ich wohnte, aber dass er mich gefunden hatte, machte mich stolz auf ihn, obwohl es mir Sorgen hätte bereiten sollen. Ich schob das Gefühl peinlich berührt zur Seite. »Du warst lange nicht im Museum«, stellte er fest, ohne auf eine Antwort zu warten. Stattdessen fragte er mich, ob ich ihn begleiten würde, er wollte einen Spaziergang in den Wald machen, bevor es dunkel wurde. Er fuhr mir durch die neue Frisur und lächelte, kommentierte mein verändertes Aussehen aber nicht. Auf dem Weg aus dem Haus begegneten wir Olav, der sich mit ein paar Handwerkern beriet. »Feucht«, sagte er, zeigte auf die Wand und schüttelte den Kopf, als wir die Runde mit einem Nicken zum Gruß passierten.

Juri ging immer einen halben Schritt voraus, bereitete den Weg, weil er den Wald an einer bestimmten Stelle betreten wollte, dabei summte er.

Wir waren sicher schon eine Dreiviertelstunde wortlos unterwegs, bevor wir endlich zum Waldabschnitt kamen, den Juri im Sinn hatte. Ich stapfte hinter ihm her. Er bewegte sich mit einer Leichtigkeit, die nicht nur seiner Jugend geschuldet war. Er wich den Ästen gekonnt aus und stolperte im Gegensatz zu mir über keinen einzigen Strunk, keine Wurzel.

Wir trafen auf die zwei Jugendlichen, die in diesem Sektor ihren Dienst verrichteten, einen Burschen und ein Mädchen. »Anouk«, sagte Juri überrascht. Das Mädchen sah mich prüfend an, mir war sofort klar, was los war. »Ich wusste nicht, dass du heute Dienst hast«, sagte Juri entschuldigend. »Ich arbeite doch immer am Donnerstag«, sagte sie zu ihm, während sie mich abfällig musterte, die deutlich ältere Frau, die nicht einmal schöner war als sie. Schön war sie wirklich. Fast so groß wie Juri, aber gerade gewachsen – nicht der Anflug eines Os verbog ihr die Beine –, lange schwarze Zöpfe, die ihr weiches Gesicht mit den hohen Wangenknochen rahmten. In ihrer Uniform sah sie ganz und gar verkleidet und deswegen umso besser aus. Nach und nach wich ihr die Arroganz aus dem makellosen Gesicht; sie schien sich zu fragen, was in aller Welt ich haben könnte, was Juri an ihr fehlte. Unsere Blicke trafen sich, und in meinem stand geschrieben, dass ich es auch nicht wusste.

Der Bursche neben Anouk hüstelte. »Na dann«, sagte Juri und wollte schon an ihnen vorbeigehen. »Wir müssen reden, Juri. Über die Sache«, schoss es aus Anouk heraus. Es war klar, dass sie nicht die Angelegenheit zwischen ihnen, sondern eine andere, wichtigere meinte. Trotzdem sah ich Juri an, dass er sich fragte, ob das Gespräch über diese eine Angelegenheit nicht nur ein Vorwand für ein Gespräch über die andere wäre. Auf beide Gespräche schien er jedenfalls keine Lust zu haben. »Gut«, sagte er, »ich komme später vorbei. Wann hast du aus?« Auch das hätte er wissen müssen, dachte ich. Er quälte sie, und er war sich dessen nicht einmal bewusst. »Du kannst ab acht kommen«, sagte sie, »bis dann«, sagte er.

Wir spazierten weiter, bald begann Juri wieder zu summen. Es wirkte nicht so, als wollte er mit mir darüber sprechen, was gerade passiert war. Trotzdem fragte ich: »War das deine

Freundin?« »*War* trifft es ganz gut«, antwortete er, ungewöhnlich hämisch.

Wir kamen zu einer Lichtung. »Dich habe ich gesucht«, sagte er. Sein Blick war auf einen Baum gerichtet. Ich folgte ihm. So einen Baum hatte ich noch nie gesehen. Dann zog er ein Buch aus seiner Tasche und schlug es auf der Seite auf, die er markiert hatte. Darauf war der gleiche Baum zu sehen. »Der sollte hier nicht wachsen«, erklärte Juri, »so ein Baum kann in unserem Klima eigentlich nicht überleben. Er braucht deutlich mehr Wärme. Aber schau ihn dir an, er ist völlig gesund.« Mein Interesse für resiliente Baumarten hielt sich in Grenzen, meine Gedanken waren bei Juris Buch. Ich fragte mich, wo er es herhatte. Ob es im Museum noch ein Archiv gab, oder ob er sich es von draußen hatte besorgen müssen. Auch Juri beobachtete mich nun. Er wollte mir etwas eröffnen und zögerte. »Sag schon«, lachte ich. »Irgendwas ist mit dieser Siedlung nicht in Ordnung«, sagte er. Er wartete meine Reaktion ab. Ich dachte an Emma. Ich versuchte mir nicht anmerken zu lassen, dass mein Herz schneller schlug. Ich schubste ihn kumpelhaft und sagte: »Mir ist kalt, komm, gehen wir.«

28

Obwohl der Baum zuerst keinen besonderen Eindruck auf mich gemacht hatte, musste ich immer wieder an Juris Worte, an seinen seltsamen Ton denken: »Irgendetwas ist mit dieser Siedlung nicht in Ordnung.«

Ich wollte einen meiner freien Tage nutzen und mir den

Baum noch einmal ansehen, dieses Mal richtig, aber natürlich fand ich ihn nicht. Ich hatte mich nicht auf den Weg konzentriert, und nun ärgerte ich mich über meine Unaufmerksamkeit. Es nieselte leicht, nur selten traf ich im Wald auf jemanden. Ich war schon zu lange unterwegs gewesen und beschloss, die Suche abzubrechen und auf kürzestem Weg nach Hause zu gehen. Aber ich ging in die falsche Richtung, der Baumbestand begann sich zu lichten. Ich musste kurz vor der Grenze sein. Auch darüber ärgerte ich mich, vor allem aber fühlte ich mich ziemlich unwohl. Bisher hatte ich es eher unbewusst immer vermieden, der Grenze so nah zu kommen. Tatsächlich wusste ich nicht einmal, wie sie überhaupt aussah. Nur, dass es keinen Zaun oder dergleichen gab, nichts Befestigtes.

Plötzlich befiel mich Panik, dass ich die Grenze vielleicht schon überschritten hatte, dass mich, wenn ich mich umdrehen und zurückgehen würde, vielleicht ein Schuss treffen würde, weil man mich für einen Eindringling hielt. Ich ging weiter, langsam und mit pochendem Herzen. Vielleicht war ich die erste Person, die so dumm war, die Siedlung unabsichtlich verlassen zu haben. Ich lachte auf, panisch. Doch dann sah ich sie. Ein leuchtend weißer, reflektierender Streifen am Boden, drei Fuß breit, zwei Meter vor mir. Ich drehte mich nach links und rechts und dann um – und das wiederholte ich so lange, bis ich mir sicher war, dass niemand in der Nähe war. Dann trat ich näher an die Grenze heran, so nah, dass ich sie mit einem großen Schritt hätte übertreten können. Ich ging noch näher hin. Langsam hob ich meinen rechten Fuß und ließ ihn über der Linie in der Luft stehen, bis mein Standbein zu zittern begann. Plötzlich hörte ich ein Knacksen. Weil ich mich so erschrak, stolperte ich zurück und fiel hin. Ich stand auf, strich mir den Schmutz von Jacke und Hose und lief so schnell ich konnte in Richtung nach Hause.

29

Am nächsten Arbeitstag stellte ich mich zum ersten Mal an die Glastür und stierte in den Garten hinaus, wie Gil mir beschrieben hatte, dass Emma es getan hatte. Als er nach Hause kam, bemerkte ich ihn wirklich nicht, ich musste es kaum spielen. In Gedanken war ich im Wald. Ich spürte die Bewegung, das Heben des Fußes über der weißen Linie noch in meinem ganzen Bein, es kribbelte. Als Gil von hinten seinen Arm um mich legte, erschrak ich. Ich glaube, er spürte, dass es anders als sonst war, dass Emma sich langsam in mir einzunisten begann. Er legte seinen Kopf in meinen Nacken. »Irgendetwas ist mit dieser Siedlung nicht in Ordnung«, sagte ich leise und versuchte Juris Ton nachzuahmen. Es gelang mir, ich war mir selbst unheimlich. Gil atmete langsam aus. »Was denn, mein Schatz«, sagte er zärtlich, aber beunruhigt, »was stimmt denn nicht?« Eine berechtigte Frage, auf die ich keine Antwort hatte. »Ich glaube, ich muss hier weg«, flüsterte ich und hoffte, dass ich es nicht übertrieb. »Komm, Emma«, sagte er, so sanft, wie man es sagt, wenn man jemanden für unzurechnungsfähig hält. Ich folgte ihm aufs Sofa, und er legte meinen Kopf in seinen Schoß, er streichelte ihn und fuhr dann zärtlich an den Konturen meines Körpers entlang, wie er es jahrelang mit den Linien und Kurven getan hatte, aus denen sich Emmas Körper zusammensetzte. Er ließ seine Hand auf meinem Bauch ruhen, zog dort Kreise mit seinen Fingern. Und dann sagte er: »Vielleicht sollten wir es noch einmal versuchen.«

Ich brauchte ein paar Sekunden, bis ich begriff, wovon er redete, und als ich es dann verstand, war ich erstaunt darüber, wie gut sich Gil bereits in dieser Begegnung zurechtfand, wie er mit so wenigen Worten so viele Informationen transportieren konnte. Ich sah die Leere des Kinderzimmers vor mir.

Ob Emma nicht schwanger geworden war oder das Kind verloren hatte, ging aus seiner Formulierung nicht hervor, spielte für mich aber keine Rolle. Er hatte mir Munition gegeben, und ich verwendete sie: »Du würdest alles tun, um mich hier festzuhalten, oder?«, sagte ich empört und setzte mich auf. Er sah mich verblüfft an, verblüfft, wie gut ich sie traf.

»Emma«, sagte er, und etwas Bedrohliches blitzte in seinen Augen auf, aber nur für einen kurzen Moment. Vielleicht hatte ich ihn wirklich unterschätzt. Vielleicht waren die Auseinandersetzungen, die wir bis jetzt gehabt hatten, nur ein Vorspiel gewesen, ein müder Abklatsch von dem, was noch folgen würde, wenn ich es folgen ließe. Bald, dachte ich, bald.

30

Das nächste Mal, als Juri vor meiner Tür stand, wollte er nicht spazieren gehen. Grußlos zog er mich noch im Türrahmen an sich und beugte sich dann ganz langsam zu mir herunter, als würde er mir genug Zeit geben wollen, Einspruch zu erheben. Aber ich hatte ganz und gar nichts dagegen einzuwenden.

Etwas hatte sich zwischen uns verändert. Es war Anouks Schuld. Sie hatte das Letzte getan, was sie wollte: Indem sie uns als Paar wahrgenommen hatte, hatte sie uns irgendwie dazu gemacht.

Ich hatte keine guten Erfahrungen damit, Beziehungen während der Begegnungen zu führen, schon gar nicht während Begegnungen, die eine romantische Beziehung abbildeten. Gerade weil sich Juris Lippen auf meinen, seine Hände, die er auf meine Wangen gelegt hatte, während er mich küsste, so gut anfühlten, wusste ich, dass ich das bald beenden müsste. »Juri«, sagte ich, »ich hab dich angelogen. Ich kann schon schwanger werden.« Ich hoffte, dass ich damit die Stimmung kaputtmachen würde, aber er murmelte nur: »Dann heute anders.« Er zog mich aus, dann sich, kniete sich vor mir hin, drückte seinen Kopf zwischen meine Beine, seine Zunge in mich. Nur dieses eine Mal noch, log ich mich in Gedanken an. Wenn er Luft holte, sagte er den Namen, den er für meinen hielt, den Naturkundenamen.

So war es nämlich gewesen! Ich erinnerte mich wieder, wie unsere Geschichte wirklich angefangen hatte, wie wir uns das erste Mal nähergekommen waren. Ich hatte ihn nicht einfach eines Tages plötzlich geküsst, als er mir eine seiner Tiergeschichten erzählte, das war erst danach passiert. Begonnen hatte es auf den Stiegen vor dem Museum. »Elif?«, hatte er zu mir gesagt, als ich gerade ging und er kam. »So heißt du doch, oder?« »Ja«, sagte ich völlig überfallen, »ja.« Er musste ziemlich lange recherchiert haben, bis er mich dem Namen auf der Jahreskarte zuordnen konnte, von der es wohl eine Art Kopie im Museum gab. »Komisch«, sagte er und musterte mich, »wie eine Elif schaust du gar nicht aus.« Er stand zwei Stufen unter mir, wir waren auf Augenhöhe. Dann legte er mir die Hand kurz und warm auf die Wange, bevor er ins Museum entschwand.

»Elif«, sagte er nun, seine Augen geschlossen. Er zwirbelte meine Haare in seiner Hand, »woran denkst du?«

Ich wollte ehrlich antworten, ihm sagen, dass ich an unser Kennenlernen gedacht hatte, fürchtete aber, damit den falschen Eindruck zu erwecken. Er sollte nicht glauben, ich würde Gefühle für ihn entwickeln.

»Ich dachte an den Baum«, sagte ich, tatsächlich wollte ich darüber ohnehin mit ihm reden. »Weißt du noch, den Baum, den du mir gezeigt hast? Ich war noch einmal dort, beziehungsweise war ich nicht dort, weil ich ihn nicht mehr gefunden habe.«

»Warum wolltest du noch einmal hin?«, fragte Juri.

»Wegen Emma«, wollte ich sagen, aber ich wusste selbst nicht genau, was das bedeuten sollte. Außerdem hätte ich Juri dann erklären müssen, wer Emma war, und damit auch, was ich tat.

»Vielleicht bist es nicht du, die den Baum nicht gefunden hat. Vielleicht gibt es ihn einfach nicht mehr«, sagte er.

»Du meinst, dass man ihn gefällt hat, aber dann wäre mir doch auch …«

»Nein, nicht gefällt. Ich meine, dass er verschwunden ist.«

Ich war mir nicht sicher, ob ich ihn missverstand.

»Bitte?«, sagte ich.

»Es wäre nicht das erste Mal, dass etwas aus der Siedlung verschwindet.«

Ich stützte mich auf.

»Hast du das gemeint, als du gesagt hast, etwas wäre mit der Siedlung nicht in Ordnung?«

»Ja. Ja, das auch. Ich beobachte seit einiger Zeit … viele kleine Fehler oder, besser, kleine Anomalien. Und ich habe das Gefühl, na ja, nicht nur das Gefühl … Ich kann sagen, dass diese Anomalien nicht nur mehr werden, sondern auch größer, auffälliger. Es passieren hier einfach Dinge, die nicht passieren können.«

Ich war gleichzeitig besorgt und belustigt, vor allem war ich neugierig.

»Zum Beispiel«, sagte er weiter, »ist letzthin ein Komplex eingestürzt. Es war nur ein kleiner Komplex, alt auch, nicht mehr in Verwendung und ohnehin für den Abriss bestimmt. Einer, wo alle automatisch annehmen, dass er von Anfang an schlecht gebaut worden war, was auch immer. Dabei ist er eingestürzt, weil es plötzlich einen Riss in der Erde gab, genau unter dem Komplex. Einen Riss, von dem einfach niemand weiß, wie er zustande gekommen ist.«

Ich dachte an den Riss im Schwimmbad und überlegte, ob ich ihn erwähnen sollte. Nein, nein, dachte ich, besser nicht.

»Ein Riss also«, sagte ich höhnisch, »es gibt doch tausend Gründe, warum so ein Riss …«

Er grinste. Wir schwiegen.

»Außerdem«, fing ich wieder an, »was soll das überhaupt bedeuten, dass Dinge passieren, die nicht passieren können? Wenn sie passieren, können sie doch passieren.«

»Nein, Elif, so ist das nicht«, sagte Juri ernst. »Mit dem Unmöglichen darf man sich nicht einfach so arrangieren. Das ist gefährlich. Und es geht immer schlecht aus.«

Wir schwiegen wieder beide, lang.

»Nehmen wir an, nur rein theoretisch, du hast recht«, sagte ich, »was hat das zu bedeuten?«

»Ich glaube, es sind Anzeichen dafür, dass es hier zu Ende geht.«

Ich sah ihn entgeistert an.

»Zu Ende gehen?«, wiederholte ich langsam. »Du meinst … die Welt geht unter?«

»Na ja, nein, nicht ganz so schlimm. Nur die Siedlung.«

»Du spinnst ja wirklich«, sagte ich und schüttelte den Kopf, bis mir plötzlich bewusst wurde, was das bedeuten könnte. »Juri, du hast nicht vor, die Siedlung zu verlassen, oder?«, sagte ich zu ihm, genau so wie Anis es zu mir gesagt hatte.

»Nein. Da brauchst du dir keine Sorgen zu machen«, antwortete er, aber es klang beschwichtigend, so als würde man einem Kind sagen, es müsse sich nicht vor der Dunkelheit fürchten, obwohl sie einem selbst nicht geheuer war.

31

Juri stand auch an den beiden folgenden Donnerstagen vor meiner Tür, dann auch an einem Sonntag. Von sich aus sprach er nicht mehr vom Ende der Siedlung, und ich erwähnte es auch nicht. Nicht, dass es mich nicht interessierte, was er sich zusammenfantasierte, vor allem, weil es mir helfen könnte, Emma besser zu verstehen, aber mit jeder gestellten Frage würde ich ein Interesse an ihm vermitteln, das ich nicht hatte, schon gar nicht jetzt, wo mir bewusst wurde, wie viele Flausen er im Kopf hatte. Trotzdem hatte er es verdient, dass ich fair zu ihm war – und das bedeutete, ihm keine falschen Hoffnungen zu machen.

Gewissermaßen war mein Verhalten auch Gil gegenüber unfair, denn die Treffen mit Juri lenkten mich von meiner Aufgabe ab und machten mich bequem. So konnte ich die Begegnung mit Gil nicht an den Punkt bringen, an dem es wirklich schmerzen würde. Täglich wurde ich unzufriedener mit mir selbst, bis ich mich aufraffte und Juri sagte, dass wir einander nicht mehr so oft sehen könnten. Er war sichtlich enttäuscht, akzeptierte es aber sofort, ohne mich nach einer Begründung zu fragen. Es war ein Tag wie jeder andere, als ich es dann endlich tat: ganz zu Emma werden. Ich verließ das Haus gegen Gils Willen. Natürlich konnte ich es nicht genau so machen, wie Emma es getan hatte, und tatsächlich zur Grenze gehen, um mich dort aufgreifen zu lassen, obwohl ich seit meinem kleinen Ausflug immer wieder große Lust dazu hatte. Es war zu riskant, sowohl im Sinne, dass mir dabei etwas zustoßen konnte, als auch für die Begegnung selbst. Aber es gab andere Orte, an die ich gehen konnte, und an einen von ihnen zog es mich besonders.

Zwar war ich mehr als pünktlich wieder zu Hause, bevor Gil aus der Arbeit kam, gab mir aber nicht besonders große Mühe zu verbergen, wo ich gewesen war. Meine Sporttasche, in der sich der in ein Badetuch gewickelte feuchte Anzug befand, hatte ich immerhin gut versteckt.

Durch das Wasser war etwas von mir selbst in Emma zurückgekehrt, meine Naturlocken legten sich als widerständige Welle in ihre glatten Haare.

Ich verharrte auf dem Sofa mit dem Rücken zur Eingangstür, bis ich sie ins Schloss fallen hörte. Mein Herz klopfte, während ich wartete, bis das Rascheln von Gils Jacke, die er im Vorzimmer ablegte, abgeebbt war und seine Schritte sich mir näherten. Als er über mir stand, hob ich meinen Kopf, lächelte ihn von unten an. Er beugte sich über mich, gab mir einen Kuss auf die Stirn, strich mir über die Wellen, atmete ihren Duft ein. »Deine Haare riechen ganz anders«, sagte er sanftmütig, aber seine Miene verfinsterte sich sofort, als ihm bewusst wurde, wonach sie rochen.

»Wo warst du?«, sagte er.

Ich senkte meinen Kopf und schaute geradeaus, er stand noch hinter mir.

»Nirgends«, antwortete ich, und mein Herz schlug schneller.

Er griff mir in die Haare und riss meinen Kopf mit einem Ruck fest ins Genick. Ich hatte ja gewusst, dass es passieren konnte, trotzdem erschrak ich. »Emma, lüg mich nicht an. Wo warst du?«

»Du tust mir weh«, sagte ich, so ruhig ich konnte. Sein Griff wurde noch fester, bevor er mich doch losließ. Dann begann er wie ein Berserker durchs Haus zu laufen, jeden Schrank zu öffnen, bis er meine Tasche schließlich fand. Er machte sie auf, zog das Badetuch heraus, schüttelte es aus. Den am Boden liegenden Badeanzug hob er auf und hielt ihn mir vors Gesicht, das Beweisstück. Ich lachte. »Na und«, sagte ich, »ich war schwimmen, allein, im Schwimmbad. Niemand hat mich gesehen. Was ist das Problem?« Er setzte sich wieder in Bewegung und ging kurz hin und her, bis er sich fasste. »Das Problem? Das Problem ist, dass wir das so nicht ausgemacht haben. Und dass du mich anlügst. Wie soll ich dir irgendetwas glauben, wenn du mich anlügst. Verstehst du das? Verstehst du das?« Ich sah ihn ausdruckslos an. »Nein, das verstehst du nicht. Aber ich zeige dir jetzt etwas, das du verstehst.« Er ging in die Küche, nahm die große Schere und begann dort in aller Ruhe den Badeanzug zu zerschneiden, bis nur noch Quadratzentimeter große Stücke davon übrig waren. An diesem Abend ging ich, nachdem er eingeschlafen war, trotz eines leichten Ziehens im Genick zufrieden mit mir nach Hause.

32

Als ich am nächsten Tag zu Gil kam, war er schon nicht mehr da. Er war wohl früh aufgebrochen, um mir nicht unter die Augen treten zu müssen. Ich wusste, dass er versprechen würde, sich nie wieder so zu benehmen, Schwüre, die er schon bei der nächsten Auseinandersetzung brechen würde, wie alle Menschen es taten, wenn sie sich vergaßen und dadurch am meisten sie selbst waren. In den Momenten der Reue musste man ihnen aber glauben, allein schon, weil sie sich selbst glaubten. Nicht nur ich war mehr zu Emma geworden, Gil war ganz Gil geworden.

Am Abend trat er wie ein geprügelter Hund durch die Tür; so, als wäre er derjenige, dem großes Unrecht widerfahren war. Er konnte einem leidtun. Er setzte sich zu mir aufs Sofa und sagte »hier«. Er schaffte es kaum, mich anzusehen, als er mir sein Wiedergutmachungsgeschenk überreichte. Ich machte es auf, und unter dem Papier kam ein wunderschöner Badeanzug zum Vorschein. Pastellfarbene Rosa- und satte Blautöne verschwammen ineinander. »Ich weiß nicht, warum ich so überreagiert habe«, sagte er, »ich mach mir einfach Sorgen, dass dir etwas zustoßen könnte, wenn du allein herumwanderst. Ich liebe dich so sehr, Emma, zu sehr.«

Ich überlegte, ob ich etwas Versöhnliches sagen und es dann einfach dabei belassen sollte, aber der Drang, eine Gelegenheit zu nutzen, die sich so schnell vielleicht nicht wieder bieten würde, war größer. Ich stand auf und begann, mich langsam auszuziehen. Als ich ganz nackt war, zog ich mir das Geschenk an, auch dabei ließ ich mir unerträglich viel Zeit. Ausnahmsweise hatte er die richtige Größe erwischt, es passte wie angegossen. Ich drehte mich langsam im Kreis, sah Gil herausfordernd an und sagte: »Magst du das?« »Ja«, flüsterte er. Und ich: »Ich nicht.« Aber bevor ich mich umdrehen konnte, um mich wieder anzuziehen, hatte er meinen Arm gepackt und mich auf seinen Schoß gezogen. Meine beiden Arme hielt er mit einer Hand hinter meinem Rücken fest. Er war noch stärker, als ich dachte. Mit seiner freien Hand zog er mir einen Träger des Badeanzugs langsam herunter. »Hör auf«, schrie ich, versuchte mich zu entwinden, aber er zog den anderen Träger des Badeanzugs hinunter und sagte: »Schluss jetzt.« In seinem Ton lag eine unheimliche Bestimmtheit, er würde sich nicht demütigen lassen. Mit einem Schwung legte er mich aufs Sofa und sich auf mich. Kurz war ich wieder siebzehn. Gelähmt und hilflos und bereit, einfach die Augen zu schließen und meinen Körper zu verlassen. Doch als er eine Hand dafür brauchte, seinen Gürtel zu öffnen, gelang es mir doch noch, ihm so fest ins Gesicht zu schlagen, dass er kurz von mir abließ und mich ansah. »Ich bin nicht Emma«, schrie ich, auch wenn ich nicht wusste, ob das für ihn noch eine Rolle spielte.

»Ja«, sagte er plötzlich, wie aus einer Trance gerissen. Er krabbelte umständlich von mir herunter. Ich sprang auf und zog mich hastig an. »Bitte, gehen Sie nicht«, sagte er, »es ist ein Missverständnis, ich dachte, sie wüssten, dass Emma … Emma wollte es manchmal so. Ich würde nie … Ich weiß, wie es wirkt, aber …«, unterbrach er sich selbst. Gil und ich hatten nie miteinander geschlafen, weil ich mir sicher war, dass auch Emma es schon lange nicht mehr getan hatte, um zumindest ihren Körper für sich allein zu haben. Dass sie es so wollte? Das war nicht vorstellbar. Das war eine Lüge. Mir kamen die Tränen. Er versuchte mich zu beruhigen. »Kein Wunder, dass sie Sie verlassen hat«, platzte es aus mir heraus. »Bitte, es ist ja nichts passiert. Denken Sie nach, nehmen Sie sich Zeit, eine Woche, zwei Wochen, so viel Sie brauchen.« Dieses Mal war ich es, die die Tür hinter sich zuwarf.

33

Ich wollte zu Juri fahren, mich zu ihm ins Bett legen und aus seinen Gliedmaßen eine Klammer bauen, die mich zusammenhalten würde, im besten Fall für immer. Aber ich wusste nicht einmal, wo Juri wohnte, eigentlich wusste ich insgesamt recht wenig über ihn, außer, dass ich ihn jetzt brauchte und er nicht da war, und das brachte mich so zur Verzweiflung, dass ich kaum atmen konnte, während ich auf meinem Rad zu mir nach Hause hetzte. Ich musste es allein durch den Rest des

Abends schaffen und dann durch die lange Nacht, und egal wie sehr ich versuchte, mich auf andere Gedanken zu bringen, meine Wut auf Gil überlagerte alles, wurde größer und größer, bis sie einen Punkt erreichte, an dem sie in Zweifel umschlug.

Vielleicht hatte ich das Video immer falsch interpretiert. Ich hatte gedacht, dass er es mir gezeigt hat, damit ich sehen konnte, dass Emma ihn verführte, um ihn dann zurückweisen zu können. Dass das Bild schwarz wurde, weil es nichts weiter zu sehen gab. Aber vielleicht war es nicht so. Vielleicht stimmte es ja, was er sagte. Vielleicht ließ sie sich gerne von ihm überwältigen, vielleicht war auch das nur ein Machtspiel zwischen den beiden. Vielleicht wurde das Bild schwarz, weil er ihr das Aufnahmegerät aus der Hand gerissen hatte, als er sie gepackt hatte …

Ich tat die ganze Nacht kein Auge zu. Um neun Uhr stand ich vor dem Museum, und als es endlich aufsperrte, drei Minuten später, als es sollte, stürmte ich hinein und lief in den ersten Stock. Ich rannte durch die Säle, bis ich Juri bei der Ameisenkolonie stehen sah. Schon sein Anblick brachte mich zum Weinen. Ich fiel wimmernd in seine Arme, und je mehr ich mich dafür schämte, desto lauter weinte ich. Er hielt mich fest, und irgendwann beutelte es mich nicht mehr, und ich konnte wieder normal atmen. Dann standen wir einfach nur schweigend da und starrten auf den riesigen Haufen konservierter Insekten. Ich ließ mich auf den Boden vor die Vitrine sinken. Er setzte sich zu mir und legte einen Arm um mich.

»Erzähl mir bitte irgendetwas, irgendeine von deinen Tiergeschichten«, sagte ich, »irgendwas von den Ameisen, das ich noch nicht kenne.«

»Möchtest nicht lieber du mir erzählen, was los ist?«, antwortete er.

»Es war nur ein schwieriger Tag in der Arbeit gestern«, sagte ich.

Er schaute mich an, überlegte. »Na gut, ich werde dir eine Geschichte über Ameisen erzählen. Eigentlich geht es nicht wirklich um Ameisen, aber du wirst trotzdem etwas damit anfangen können.« Er atmete durch, bevor er wieder ansetzte: »Es gibt Spinnen, die sich, um nicht gefressen zu werden, äußerlich an Ameisen anpassen, weil gewisse Fressfeinde von Spinnen kein Interesse an Ameisen haben. Ich würde sie dir zeigen, dann würdest du es selbst sehen, aber die haben wir hier leider nicht. Diese Spinnen passen aber nicht nur ihr Aussehen an Ameisen an, was ohnehin schon eine ziemliche Leistung ist, sondern auch ihr Verhalten. Sie ahmen tatsächlich den ruckartigen Gang der Ameisen nach. Faszinierend, oder? Es gibt auch Schmetterlinge, Fische und Vögel, die das machen. Menschen machen es eigentlich nicht.«

Er lächelte und sah mich an, sah in mich hinein.

Als ich nichts sagte, ergänzte er: »Mimikry nennt man dieses Phänomen. Es ist eine Überlebensstrategie.«

»Wie lange weißt du es schon?«, fragte ich.

»Lange«, sagte er sanft. »Wie heißt du wirklich?«, fragte er.

»Ich weiß es nicht«, sagte ich.

Er nickte, als hätte er auch das schon geahnt.

»Kann ich dich Mimi nennen, bis es dir wieder einfällt?«

34

Das Leben war so einfach mit Juri. Er verlangte überhaupt nichts von mir und arrangierte sich auf eine Weise um mich herum, dass mir meine Wohnung, in die er mich gebracht und damit quasi eingezogen war, fast größer vorkam als zuvor. Neben dem Allernötigsten hatte er nur eine Vielzahl von selbstgezeichneten Karten der Siedlung mitgebracht, auf denen er nach verschiedenen Parametern seine sogenannten Anomalien vermerkte. Zusammen mit einigen Heften, die alle einen anderen Zweck zu haben schienen und in die er flink seine Beobachtungen notierte, lagen sie in einer Kiste, die er neben der Matratze aufbewahrte. Er nahm immer nur, was er brauchte, und legte es dann fein säuberlich zurück. Genauso wie er mich akzeptierte, versuchte auch ich ihn zu akzeptieren, ihm seinen Zeitvertreib nicht madig zu machen. Ich durchstöberte seine Kiste nicht, wenn er nicht da war, auch wenn ich manchmal dachte, dass er das insgeheim hoffte. Dass er hoffte, seine gesammelten Beweise würden mich überzeugen und uns näher zusammenbringen. Aber wahrscheinlich unterstellte ich ihm das nur. Es schien ihn nicht zu stören, wenn ich ihn nicht auf seine Exkursionen begleitete, wenn er in der Nacht in Gebäude einstieg oder den Wald durchstreifte, immer auf der Suche nach etwas Neuem, das nicht in diese Siedlung passte.

Tatsächlich wusste er, wie die Kaltgeburten wirklich hießen und mit welchen Hausmitteln man sie wieder loswurde. Manchmal las er mir vor, aus den Büchern, die er sich irgendwie besorgt hatte, manchmal erzählte er mir Geschichten aus der Vergangenheit, obwohl sie viel mehr nach einer weit entfernt liegenden Zukunft klangen, mit ihren fliegenden Maschinen und klugen Geräten, die einem jeden Wunsch von den Lippen ablesen konnten. Manchmal gingen wir runter zu Olav und tranken ein Bier. Dann schloss Juri sofort Freundschaft mit den anderen Gästen. Meistens machte es mir sogar Spaß, die Anekdoten aus den Fabriken zu hören, die Frauengeschichten dieser harten Männer, die Probleme der jungen Kellnerinnen mit den O-Beinen, von denen sie reichlich hatten. Juri ließ mich nie aus den Augen, und schon bevor ich wusste, dass ich gehen wollte, wusste er es. Dann legte er seinen Arm um mich und begleitete mich hinauf in die Wohnung.

Wir bauten ein Bett, einen Rahmen für die Matratze. Als ich ihm erklärte, wie es ging, und er mich fragte, wo ich das gelernt hatte, erzählte ich ihm, dass ich in einem früheren Leben mal Tischlerin war. Er wollte mehr darüber wissen, aber ich winkte ab. Die Begegnungsarbeit hatte ich ihm zumindest skizziert, oberflächlich von Emma und Gil erzählt, weil ich das Gefühl hatte, ihm das schuldig zu sein. Ihm war anzusehen, dass er dazu viele Fragen hatte, aber er hatte auch die Größe, sie nicht zu stellen.

Manchmal gingen wir zu den Buden, um einzukaufen, und die Huren nickten mir anerkennend zu. Auch sie fanden Juri attraktiv, obwohl er wirklich keine Schönheit war. Selbst Radan schloss ihn gleich ins Herz. Er fragte sich sicherlich, was dieser viel zu gute Bursche eigentlich an mir fand. Ich fragte mich das jedenfalls oft.

Ich bemühte mich, glaubte ich. Ich kam oft in Juris Mittagspause ins Museum, brachte ihm Essen, das wir dann zusammen in der Kammer aßen, in der wir noch vor wenigen

Monaten unverbindlich miteinander geschlafen hatten. Ich versuchte die Wohnung und mich in einem ansehnlichen Zustand zu halten, obwohl ich am liebsten am Bett anwachsen und nie wieder aufstehen wollte. Manchmal versuchte ich sogar eine Mimi zu sein. Eine Mimi stellte ich mir fröhlich und verspielt vor, schlau und agil. Aber meistens versagte ich in dieser Rolle. Dann entschuldigte ich mich bei Juri, versprach, dass es mir bald bessergehen würde, und er antwortete, dass ich das nicht sagen müsse, weil er für mich da war, so oder so. Manchmal brach ich dann in Tränen aus, und vielleicht glaubte er, dass ich vor Erleichterung weinte. Aber es war das schlechte Gewissen, dass ich ihn nicht liebte.

35

Ich verbrachte viel Zeit allein. Beim Schwimmen fand ich Ruhe und Schwerelosigkeit, im Fitnesscenter Verausgabung, beim Radfahren Ekstase. Ich war von der Geschwindigkeit besessen. Der Wind, die Gerüche, mein Puls – alles traf mich mit einer berauschenden, sinnlichen Wucht. Manchmal schloss ich die Augen und glaubte, abheben und einfach davonzufliegen zu können.

Und einmal passierte es dann wirklich, ich war plötzlich in der Luft. Ich hörte einen Schrei, der nicht zu mir gehörte, dann spürte ich ein Stechen. Ich öffnete die Augen und begann mich langsam hochzuwuchten. Halb aufgestützt blickte ich mich um. Einige Meter entfernt konnte ich die Umrisse der Frau erkennen, die ich umgefahren hatte. Sie lag da wie ein Käfer auf seinem Panzer und konnte sich nicht mehr umdrehen. Dann gelang es ihr doch, sich auf die Seite zu rollen. Ich krabbelte auf allen vieren zu ihr hin und tastete sie unbeholfen ab, während sie vor Schmerzen stöhnte. Gegenseitig halfen wir uns auf, bis wir uns wankend gegenüberstanden. Sie hatte es deutlich schlimmer getroffen, das Blut lief ihr aus der Nase, und eines ihrer Beine war verdreht.

Plötzlich begann sie, die gerade noch völlig sprachlos und desorientiert gewirkt hatte, herumzuschreien. »Du verdammte Schlampe, kannst du nicht aufpassen?« Sie wurde knallrot, Tränenbäche stürzten ihr aus den Augen. Ich versuchte sie zu beruhigen, aber da war wenig zu machen, sie schrie immer lauter, und ihre Beschimpfungen wurden immer obszöner. Ich wollte sie eigentlich nicht so stehenlassen, aber da sie meine Beschwichtigungsversuche noch mehr aufregten, beschloss ich, mein Rad zu suchen. Nachdem ich mich umgedreht und dorthin aufgemacht hatte, wo ich es vermutete, spürte ich ihre Hände auf meinem Rücken. Dann torkelte ich ein paar Schritte vorwärts. Ich wusste zwar nicht, wie sie es in ihrem Zustand geschafft hatte, mir nachzuhechten, aber sie hatte mich tatsächlich gestoßen. Ich drehte mich um und schlug ihr mit der Faust ins Gesicht. Sie fiel wie ein Sack zu Boden. Ich hörte sie nur noch ächzen. Erschrocken über mich selbst packte ich das Rad und fuhr, so schnell ich konnte, davon.

36

Das Rad schleifte fürchterlich, ich hatte das Gefühl, überhaupt nicht voranzukommen. Aber als ich, nachdem ich die Schotterwege endlich hinter mir gelassen hatte, in eine Gegend kam, in der die Straßen belebter wurden, beschloss ich, stehen zu bleiben. Mein Herz pochte in einer kaum erträglichen Lautstärke in meinen Ohren, ich konnte keinen klaren Gedanken fassen. Ich musste mich beruhigen.

Ich schob das kaputte Rad neben mir her, bis ich zu einem Platz kam, den ich erkannte. In seiner Mitte stand eine quadratische Aussichtsplattform. Sie war wohl zehn Meter hoch, man konnte also nicht in die Ferne schauen, sondern nur in die Fenster der Blockhäuser, die den Platz umringten und zu einem solchen machten. Das höchste der Gefühle war, das Treiben unten gut überblicken zu können. In meiner Panik kam mir aber genau das gelegen; Überblick war das, was ich dringend brauchte.

Der Platz war gar nicht so weit von meiner Wohnung entfernt, offenbar hatte mein innerer Kompass mich in die richtige Richtung gelenkt. Ich war sehr weit weg von der Gewalt, die mich überkommen hatte. Niemand außer uns beiden war dort gewesen, der uns hätte sehen können. Ich wiederholte in meinem Kopf, dass ich nichts zu befürchten hatte. Die Beschwörungen begannen zu wirken.

Ich stieg die Stufen zur Plattform hoch. Auf der Plattform selbst waren nur ein paar wenige Leute, unten wimmelte es von Grüppchen und Paaren, die sich aus den Lokalen Getränke geholt hatten. Es war zwar nicht wirklich warm, aber wenigstens sonnig. Um mich weiter zu beruhigen, begann ich mich damit abzulenken, die Menschen zu zählen. In der ersten Runde zählte ich die Männer und die Frauen, in der zweiten überlegte ich, in welchen Verhältnissen sie zueinander standen. Waren sie zusammen oder Freunde, vielleicht Familie? Weit abseits stand ein Paar, das sich inmitten eines Streits befand. Die beiden bemühten sich zwar, nicht für Aufsehen zu sorgen, nicht laut zu werden, trotzdem war an der Gestik ganz klar zu erkennen, dass sie einen Konflikt austrugen.

Völlig eingenommen von den Bewegungen der Kontrahenten, von diesem Tanz aus gegenseitigen Vorwürfen, realisierte ich sehr spät, dass es Gil war, der sich da mit einer Frau stritt. Er trug die gefütterte Jacke, deren Geruch ich so mochte. Ich glitt auf den Boden und schaute zwischen den Metallstäben durch, die die Plattform säumten. Ich wusste zwar, dass Menschen, besonders wenn sie gerade so sehr miteinander beschäftigt waren wie die beiden, nur selten nach oben schauten, aber dieses Wissen half mir in meiner Panik nicht. Ich wollte so schnell wie möglich von der Plattform flüchten, befürchtete aber, genau in dem Moment unten anzukommen, in dem sich der Streit aufgelöst haben und ich mit Gil kollidieren würde. Ich blieb also und versuchte mich zu fassen. Ich konzentrierte mich auf die Frau, auf die Gil immer wilder einredete und die immer mehr vor ihm zurückwich, mit einem ausgestreckten Arm versuchte sie ihn auf Abstand zu halten. Sie trug einen dunklen, weiten Pullover, dessen Kapuze sie aufhatte, ich sah sie nur im Profil, und doch kam sie mir nicht nur bekannt, sondern vertraut vor.

Der Streit hatte seinen Höhepunkt erreicht, bevor Gil seine Strategie änderte. Nun flehte er sie an … Sie schüttelte den

Kopf, scheuchte ihn weg. Endlich drehte er sich um und ging davon. Die Stehengelassene verharrte kurz an ihrem Platz und schaute ihm nach, bevor sie sich drehte und ihren Blick in die Höhe richtete, zu mir. Dann nickte sie zum Gruß, als würde sie mich verhöhnen, bevor sie rasch den Platz verließ. Emma. Ich stürmte von der Plattform, ihr nach, aber als ich unten ankam, war sie schon verschwunden. Ich bog in die erste Gasse ein, die sich vor mir auftat, lief dann die ganze Gegend um den Platz ab, bis mich ein schreckliches Seitenstechen in die Knie zwang. Auch die Schmerzen des Unfalls meldeten sich zurück.

37

Ich stolperte durch die Tür zu meiner Wohnung und fiel hin. Juri eilte mir entgegen, unter Tränen sah ich zu ihm auf. »Was ist passiert?«, fragte er. Ich erzählte völlig unzusammenhängend von dem Sturz und der Plattform, von Emma und Gil. Juri brachte mich ins Bad. Im Spiegel sah ich, dass ich ziemlich viele Schrammen davongetragen hatte. Eine kleine Wunde am Kopf blutete noch. Er holte den Verbandskasten und begann mir die Stirn mit Desinfektionsmittel abzutupfen. Währenddessen quoll es nur so aus mir heraus, dass entweder das Unmögliche passiert war, dass Emma zurückgekehrt war von draußen oder dass mir Gil monatelang ins Gesicht gelogen hatte. Dass sie immer da gewesen war. Natürlich war sie nicht zurückgekehrt, das war vollkommen unmöglich, natürlich war sie immer da gewesen, und das verdammte Arschloch hatte mich einfach ... Aber warum? Wozu? Er hätte mich doch gar nicht belügen müssen. Und warum wusste sie, wer ich war? Dass ich sie spielte? War sie Teil dieses seltsamen Komplotts? War es überhaupt ein Komplott?

Plötzlich sah mir Juri direkt in die Augen, traurig. Ich verstummte.

»Du gehst zurück, oder?«, sagte er.

»Natürlich gehe ich zurück«, wollte ich sagen. Wäre ich nicht ohnehin zurückgegangen, selbst wenn ich sie nicht ertappt hätte? Ich war nicht fertig mit Gil und schon gar nicht mit Emma. Juri schwieg, schaute zu Boden.

»Denkst du eigentlich je darüber nach«, sagte er ganz leise, »was es über dich aussagt, dass du lieber kaputte Beziehungen nachspielst, als eine zu führen, die dir guttut? Merkst du nicht, dass du dich total verlierst? Du weißt ja nicht einmal mehr, wie du heißt!«

Seine Worte trafen mich, ich setzte wie automatisch zum Gegenschlag an.

»Und ist es nicht genau das, was dir an mir gefällt, Juri?«, zischte ich.

»Was?«, fragte er entsetzt.

»Die Mimikry! Du magst mich doch nur, weil ich eine Anomalie bin, oder nicht? Ein Mensch, der sich in einen anderen Menschen verwandeln kann, wie die Spinnen, die dir so gefallen. Sicher hast du auch ein Notizbuch für mich in deiner Kiste!«

Er schüttelte den Kopf. »Du weißt doch, dass das überhaupt nicht stimmt«, sagte er. Und natürlich wusste ich, dass es nicht stimmte. Schon tat es mir leid, dass ich ihn angefahren, ihn auch noch verletzt hatte, als wäre es dann leichter für ihn, über mich hinwegzukommen, wenn ich ihn schlecht behandelte. Gerade ich wusste doch, dass das so nicht funktionierte.

Ich griff nach seiner Hand, er zog sie weg.

Dann begann er wieder meine Wunden zu behandeln. Ich wollte in Ruhe mit ihm reden. Ich würde es tun, am nächsten Tag, wenn ich wieder bei Kräften wäre. Nachdem er mit mir fertig war, legte ich mich schlafen, ohne ein weiteres Wort mit ihm gewechselt zu haben. Als ich am nächsten Tag aufwachte, war er nicht mehr da, genauso wie seine wenigen Sachen.

Drei

38

Ich hatte angenommen, dass der Schlüssel zu Gils Haus auch das Gartentor aufsperren würde, und tatsächlich war es so. Einmal umdrehen, und schon stand ich in Emmas Garten auf der anderen Seite der Schiebetür aus Glas und starrte hinein statt hinaus. Das Herz schlug mir bis zum Hals.

Damit er mich nicht sehen würde, wenn er nach Hause kam, verschanzte ich mich im giftigen Kirschlorbeer, der sich dicht vermehrt hatte. Jede andere Pflanze, die ich eingesetzt hatte, war sofort verendet, aber ihn hatte ich tatsächlich zum Wachsen gebracht. Oder er sich selbst. Er sah aus, als wäre er richtig stolz darauf, dass er die wenigen Nährstoffe ohne Rücksicht auf die anderen Pflanzen aus der Erde gesogen hatte.

Ich kam mir lächerlich vor, wie ich im Gebüsch hockte und darauf wartete, dass Gil das Haus betrat, um ihn zu ertappen, um ihn bei seinen Lügen zu erwischen, um wie eine Zecke aus dem Laub zu springen, wenn er mir endlich einen Beweis liefern würde.

Und während ich wartete, versuchte ich mir zusammenzureimen, wie es wirklich gewesen sein musste.

Vermutlich hatte Gil mich angelogen, weil er es einfach nicht ertragen konnte, dass sie ihn verlassen hatte. Zuerst hatte er wohl versucht, ihre Entscheidung zu akzeptieren, hoffte, dass es besser würde, traf sich mit anderen Frauen, glaubte über Emma hinweg zu sein, gestand sich ein, dass er es nicht war, nahm wieder Kontakt auf, bettelte, flehte, drohte ... Aber es war zwecklos, sie wollte ihn nicht zurück. Als er nicht mehr wusste, was er noch tun könnte, stieß er schließlich auf mich und meine Dienste. Vermutlich wollte Gil mich gar nicht engagieren, um Emma zu spielen, wahrscheinlich wollte er sie nur unter Druck setzen, sie eifersüchtig machen. Ich konnte mir gut vorstellen, wie er ihr gesagt hatte, er würde sich einfach eine Kopie von ihr zulegen, wenn sie nicht zu ihm zurückkäme. Es gäbe da eine Frau, die das anbot, die er dafür bezahlen würde, sich in sie zu verwandeln. Ob sie denn dulden würde, ersetzt zu werden? Aber sie schüttelte nur den Kopf: »Dir ist wirklich nicht mehr zu helfen«, musste sie gesagt haben oder so etwas Ähnliches, »mach doch, was du willst.« Und weil er nicht wusste, ob sie nur mit ihm spielte, tat er es wirklich. Aber sie spielte nicht. Es war ihr egal. Vielleicht war das Treffen der beiden auf dem Platz ein erneuter Versuch Gils, sie zurückzuholen, nachdem auch ich ihm davongelaufen war.

Konnte in ihrem Zunicken, als sie mich auf der Plattform stehen sah, nicht sogar so etwas wie Dankbarkeit, dass ich ihr diesen Mann, diese Last abgenommen hatte, gelegen haben?

An dieser Geschichte klang alles stimmig, nur eine Antwort auf die Frage, ob Emma tatsächlich so seltsam war, wie Gil sie mir geschildert hatte, blieb sie schuldig. Hatte sie wirklich geglaubt, dass irgendetwas mit der Siedlung nicht stimmte, oder hatte Gil mir das nur erzählt? Schon die Episode ihres ersten Auftauchens, als sie einfach in diesem Haus gestanden hatte, um den Garten anzulegen, war so spezifisch ... So etwas konnte er sich doch nicht ausgedacht haben. Dass Klienten manchmal übertrieben oder sogar ein bisschen flunkerten, war ich gewohnt, aber dabei wurden der anderen Person maximal ein paar unliebsame Eigenschaften angedichtet – nichts in dieser Größenordnung. Hatte er einfach erfunden, dass die Grenzer sie im Wald aufgegriffen hatten? Gil hatte doch gar nicht das Vorstellungsvermögen dafür!

Dann fielen mir wieder die Momente ein, in denen ich mir nicht so sicher gewesen war, was sich alles in Gil verbirgt. In denen er mir unberechenbar erschienen war. Manipulierte er mich, und ich verstand nicht, zu welchem Zweck? Wenn er Emmas Wahnsinn erfunden hatte, inwiefern war ich dann überhaupt eine realitätsgetreue Emma? Oder log Gil, was Emmas Wahnsinn betraf, vielleicht gar nicht absichtlich, sondern glaubte, was er mir erzählt hatte? Hatte er sich erfolgreich eingeredet, dass seine Frau verrückt war, weil er das für den einzig möglichen Grund hielt, warum man einen wie ihn verlassen könnte?

Ich zermarterte mir über jedes Detail den Kopf, aber je mehr ich das tat, desto weiter entfernte ich mich von einer Lösung des Rätsels. Immerhin war ich so tief darin versunken, eine Erklärung zu finden, dass die Zeit, bis er nach Hause kam, wie im Flug verging.

Jeden Abend, wenn es dann so weit war, das Licht anging und ich im Laub zusammenzuckte, war er allein. Nicht einmal eine Hure brachte er mit nach Hause, und auch sonst niemanden. Keine Freunde, keine Arbeitskollegen. Vor allem keine Emma. Jeden Tag freute ich mich, dass sie wirklich nicht zu ihm zurückkam, dass sein Versuch, sie zu überzeugen, gescheitert war. Gleichzeitig wünschte ich mir, dass sie hier auftauchen würde. Dass sie so heftig streiten würden, dass ich dazwischengehen müsste, dass es eskalieren würde, dass Emma und ich uns in der Hitze des Gefechts verbünden würden, dass ein Blick reichen würde, wir Gil umbringen und es dann vertuschen würden.

Oder dass Gil irgendeinen Fehler machen würde, der ihn verriet. Aber Gil machte gar nichts; jeden Tag sah er erschöpfter aus. Sobald er zu Hause ankam, legte er seine Aktentasche auf eines der Sofas und verschwand dann in die Küche. Eine Stunde verging, in der er wohl kochte und aß. Dann sah ich ihn wieder, wenn er sich die Treppe hinaufschleppte, einen Wasserfilter und ein Glas in der Hand, mit der er das Licht im Wohnzimmer abschaltete, bevor es wenig später im Schlafzimmer anging. Nach ungefähr einer Stunde wurde es finster. Oft blieb ich sogar noch länger, wartete, dass irgendetwas passieren würde.

Manchmal spielte ich mit dem Gedanken, die Glastür zu öffnen, ins Haus einzudringen und etwas anzustellen. Nichts Großes. Vielleicht nur die Tasche um neunzig Grad drehen, die Gläser an den Platz der Becher stellen, einen Schuh entwenden. Etwas, das Gil an seiner Wahrnehmung der Realität zweifeln lassen würde, damit er wüsste, wie sich das anfühlt.

39

Drei Wochen tat ich mir das an. Drei Wochen beschattete ich ihn. Drei Wochen hoffte ich darauf, dass er sich verraten würde. Doch er tat es nicht, und langsam verlor ich die Hoffnung, dass er es je tun würde.

Als Gil eines Morgens das Haus verlassen wollte, um zur

Arbeit zu gehen, stand ich vor der Tür. Er erschrak zwar nicht, aber er war sehr überrascht. Damit, dass ich zu ihm zurückkommen würde, hatte er nicht gerechnet, ich hatte es ja selbst nicht. Aber was blieb mir anderes übrig. »Emma«, sagte er fragend, und ich nickte. Dann umarmte er mich stürmisch. Er akzeptierte die Situation sofort und stieg einfach wieder in die Begegnung ein. »Lass das«, sagte ich. Von ihm berührt zu werden, ekelte mich an. Ich schob mich an ihm vorbei ins Haus, er folgte mir. »Du hast mir einen ordentlichen Schrecken eingejagt«, sagte er, als wäre ich nur einen oder zwei Tage weg gewesen. Er gab die Richtung vor: Natürlich war ich es, die etwas falsch gemacht hatte, gleichzeitig machte er mir keine Vorhaltungen, was ich wohl als eine Art Einladung zum Waffenstillstand zu verstehen hatte. Er hatte ein schlechtes Gewissen wegen der Angelegenheit mit dem Badeanzug. Selbst, wenn ich es war, die die Situation falsch gedeutet hatte, so wusste er trotzdem, dass er früher hätte aufhören müssen. Dass er eine Grenze überschritten hatte. »Soll ich heute bei dir zu Hause bleiben?«, fragte er. »Nein«, sagte ich. Er nickte, bewegte sich aber nicht. »Geh schon, du kommst sonst zu spät zur Arbeit«, sagte ich und lächelte. Er wollte mich noch einmal umarmen, ich wich zurück.

Als die Tür ins Schloss gefallen war, zählte ich bis zehn, dann begann ich die Suche nach Emma. Natürlich würde ich nichts finden, ich hatte dieses Haus schon mehrmals auf den Kopf gestellt.

Und trotzdem begann ich oben und arbeitete mich nach unten. Obwohl ich gute Lust hatte, die Inhalte jedes Kastens und jeder Kiste einfach auf den Boden zu werfen, musste ich

Ruhe bewahren. Langsam arbeiten und nichts durcheinanderbringen. Dass es zwölf Uhr war, merkte ich daran, dass die Essensbox durch die Katzentür geschoben wurde – da war ich schon in der Küche angekommen, nachdem ich weder im Schlafzimmer noch im Badezimmer, noch im leeren Kinderzimmer irgendeinen Hinweis auf Emma oder darauf, wo sie jetzt war, gefunden hatte. Ich suchte weiter, steckte meine Hand in jede Tasche jeder Jacke, die Gil besaß, bevor ich mich an die Schubladen im Wohnzimmer machte. Bald fand ich Emmas Notizbuch, in dem sie die Skizzen für den Garten angefertigt hatte. Ich nahm es zur Hand, blätterte die Seiten durch, aber ihre Zeichnungen verrieten mir nichts. Ich blätterte weiter, bis ganz an den Schluss des Notizbuchs, dessen Bruder, Schwester oder Cousin ich ja auch besaß. Und da war es. Wie bei meinem Notizbuch stand auf der letzten Seite der Name der Firma, die das Notizbuch herstellte. Aber darüber stand ein anderer Firmenname. Es musste der Name der Firma sein, für die Emma gearbeitet hatte, als sie Gil kennengelernt hatte. Vermutlich wurde für all die Mitarbeiter der Firma, oder als Geschenk für ihre Kunden, eine spezielle Edition des Notizbuchs mit eigener Farbe bestellt.

Auch wenn Emma heute nicht mehr in dieser Firma arbeitete, würde mir dort jemand weiterhelfen können. Endlich hatte ich einen Anhaltspunkt. Mein Herz schlug freudig schnell, ich würde Emma finden, oder zumindest jemanden, der sie kannte. Am liebsten wollte ich mich sofort auf den Weg machen, um herauszufinden, wo die Firma ihren Sitz hatte, aber ich fürchtete, dass ich nicht rechtzeitig zurück sein würde.

Als Gil an diesem Tag nach Hause kam, war die kleine Aufmerksamkeit, die er mir mitbrachte, nicht klein. Er schob ein Fahrrad durch die Tür. Ich erstarrte. »Ich dachte, du freust dich«, sagte er. Nichts an ihm deutete darauf hin, dass er wusste, dass mein Fahrrad an dem Tag kaputtgegangen war, als ich ihn und Emma gesehen hatte.

Es war ein schönes Rad, vermutlich hatte er dasselbe Modell besorgt, das auch Emma gehabt hatte. Nein, er wusste es nicht. Er wusste nicht von meinem Unfall, er wusste nicht, dass ich ihn und sie gesehen hatte. Er konnte es nicht wissen, sagte ich mir, nein, und dann wieder, dass auch das möglich war. Theoretisch hätte er mir gefolgt sein können, den Unfall bemerkt und es immer noch rechtzeitig zu seinem Treffen mit Emma geschafft haben, zu dem ich dann zufällig – war es Zufall? – stieß. Nein, nein, das war absurd. »Emma«, fragte er, »alles in Ordnung?« Aber was, wenn er es nicht selbst war? Was, wenn er mich beobachten ließ? Wenn er jemanden dafür engagiert hatte, so wie er mich engagiert hatte? Das war ihm doch zuzutrauen. Aber war das wahrscheinlich? Nein. Wahrscheinlich war, dass er mir einfach ein Fahrrad schenkte, als Entschuldigung, als Vertrauensbeweis, als Symbol für eine gewisse Freiheit, die er mir zugestehen wollte. »Emma?«, fragte er noch mal. Endlich tauchte ich aus meinem Gedankenstrudel auf und sagte Danke.

40

Emmas Firma war nicht schwer zu finden gewesen. Die Räumlichkeiten waren viel kleiner, als ich sie mir vorgestellt hatte. Ein Büro im Erdgeschoss, mit tiefhängenden Decken. Durch große Fenster konnte man den Planern von außen beim Zeichnen zusehen. Ich beobachtete die Leute für kurze Zeit, aber niemand sah auf. Dann betrat ich das Büro. Ich trug keine Schminke, dafür eine schwarze Perücke, einen Kurzhaarschnitt und lockere dunkle Kleidung. Als ich das Büro betrat, fragte mich einer der Planer, ob ich einen Termin hätte. Ich sagte Nein, aber dass ich gern in einer persönlichen Angelegenheit mit dem Chef sprechen würde.

Der Mann verschwand in einem Gang, den ich von außen nicht gesehen hatte, offenbar war das Büro doch geräumiger als gedacht. Dann kam er wieder und bedeutete mir, ihm zu folgen. Auf beiden Seiten des Ganges lagen noch weitere verglaste Zimmer, die wohl für die Projektleiter bestimmt waren. Am Ende des Ganges angekommen, klopfte der junge Planer an eine weiße Tür, die er sogleich öffnete, bevor er mich eintreten ließ. Nachdem er sie von außen wieder zugemacht hatte, fragte mich der Chef, der Gil auf fast unheimliche Art und Weise ähnelte, was er für mich tun könne. »Ich bin auf der Suche nach einer alten Schulfreundin, ihr Name ist Emma. Wir haben uns leider aus den Augen verloren. Das letzte Mal, als ich sie sah, das muss so ungefähr acht Jahre her sein, da hatte sie gerade hier zu arbeiten angefangen, zumindest glaube ich das. Kennen Sie eine Emma?« »Emma«, sagte er und schaffte es dabei, gleichzeitig ernst und heiter auszusehen, »ja, ich kannte Emma. Aber ich fürchte, ich kann Ihnen nicht weiterhelfen, sie arbeitet schon lange nicht mehr hier.« »Oh«, sagte ich, »und wissen Sie vielleicht, wo sie jetzt arbeitet?« Das Lächeln verschwand aus dem Gesicht des Chefs. »Es tut mir sehr leid, dass Sie das jetzt von mir erfahren müssen, aber Emma ist nicht mehr ... äh ... unter uns, also ... sie ist nicht wirklich, sie hat ... na ja, sie hat die Siedlung verlassen«, flüsterte er. Ich schwieg, bis ich merkte, dass er mir zögerlich ein Taschentuch hinhielt. Ich nahm es ihm aus der Hand. Er log, er musste lügen. Gil hatte irgendwie dafür gesorgt, dass sein Doppelgänger für ihn log. Oder er hatte es damals allen so erzählt, dass Emma die Siedlung verlassen hatte. Oder hatte er ... Mir fielen noch allerhand Dinge ein, ich musste mich zusammenzureißen.

»Gibt es hier vielleicht jemanden, der mit ihr befreundet war, mit dem ich sprechen könnte?«, fragte ich, so ruhig ich konnte. »Nein, leider. Wir haben die Firma stark umstrukturiert seit Emmas Zeit hier. Von ihren alten Kollegen ist niemand mehr bei uns.« »Aber Sie müssen doch irgendjemanden kennen, der sie kannte, Familie, Freunde!« Ich schrie. Ich merkte, dass ich schrie. Der Chef wurde unruhig und blickte zum Ausgang. Ich sprang auf und lief zur Tür, er mir hinterher. Ich war schneller und lief in den ersten Raum, in dem die meisten Planer saßen. »Wo ist Emma?«, schrie ich. Und dann noch einmal. Die Planer schauten mich mit großen Augen an, niemand sagte etwas. Der Chef packte mich am Arm. »Sie müssen jetzt wirklich gehen«, sagte er und zerrte mich aus dem Büro.

41

Die Tür klang, als wäre sie selbst darüber erschrocken, mit welcher Wucht sie aufgerissen wurde. Gil wusste schon von meinem Ausflug, als er am Abend nach Hause kam. Es wunderte mich nicht. So waren diese Männer. Schon beim kleinsten Verdacht, dass einer von ihnen Schaden nehmen könnte, beschützten sie einander vorsorglich. Besser einmal etwas zu viel sagen als zu wenig. Und so hatte der Landschaftsarchitekt Gil bereits brüderlich über den Besuch der Verrückten informiert, dazu musste er extra zu ihm ins Büro gegangen sein.

Er packte mich. »Was hast du dir dabei gedacht?«, schrie er. Er duzte mich, obwohl er nicht mit mir als Emma sprach, sondern mit der Frau, die für ihn arbeitete. Die Zeit der Höflichkeitsformen war vorbei. »Wo ist sie?«, sagte ich, dieses Mal ruhig. »Was?«, schrie er. »Hör auf damit. Ich habe euch gesehen. Vor einem Monat ungefähr, auf dem Platz mit der Plattform. Ihr habt euch gestritten.« Das Erstaunen in seinem Blick verwandelte sich nach und nach in ein gefährliches Glänzen, das mir Angst machte und mich bereuen ließ, dass ich ihn damit konfrontiert hatte. »Sag mir doch einfach die Wahrheit, was ist zwischen euch passiert?«, flehte ich.

Er ließ mich los, schüttelte den Kopf und ging in die Küche.

»Ich weiß, was ich gesehen habe!«, schrie ich, und meine Stimme überschlug sich dabei.

Er schlug mit der Faust gegen eines der Küchenkästchen. Es knackste, aber er verzog keine Miene. Er hielt kurz inne, bevor er zum Kühlschrank ging und mit einer Hand versuchte, Eis aus dem Eisfach zu nehmen. Vielleicht würde es helfen, wenn ich freundlich zu ihm wäre, liebevoll.

»Warte«, sagte ich, »ich mach schon.« Er ließ es geschehen. Ich nahm einige Eiswürfel und legte sie in ein Handtuch, das er sich selbst auf die Knöchel drückte.

»Schau, was du anrichtest«, sagte er.

»Gil«, sagte ich, »ich will es doch nur verstehen, ich bin dir doch auch nicht böse …«

Er lachte auf.

»Wenn du mir nicht die Wahrheit sagst, gehe ich«, drohte ich.

Er machte einen Schritt auf mich zu: »Weißt du, ich dachte, du spielst wirklich gut. Dabei spielst du ja gar nicht! Du bist verrückt! Du bist ja noch viel verrückter als sie!« Er verstummte. »So etwas wie heute geht zu weit. Nicht einmal Emma hätte … Gehen willst du? Du wirst dieses Haus überhaupt nicht mehr verlassen. Du wirst mir jetzt die Schlüssel geben, und dann wirst du mir auch die Schlüssel von deiner Wohnung geben. Du wirst dir in Zukunft sehr genau überlegen, was du auf irgendwelchen Plattformen zu sehen glaubst, bevor du mich in eine so unmögliche Situation bringst. Sonst werde ich Dinge mit dir machen … Dinge, von denen du dir wünschen wirst, dass du sie dir einbildest.«

42

Ich glaube nicht, dass er mich wirklich aufgehalten hätte, wenn ich gegangen wäre. Aber ich tat es nicht. Ich überreichte ihm die Schlüssel und sagte mir währenddessen, dass ich schon noch dahinterkommen würde, was hier vorging. Ich klammerte mich an die Hoffnung, dass ich Gil die Wahrheit noch abringen würde, auch wenn ich keine Beweise hatte. Dass es meine Entscheidung war zu bleiben, ich die Kontrolle über mein Leben hatte, nicht er. Und trotzdem zuckte ich jedes Mal zusammen, wenn er mich in den nächsten Wochen anfuhr oder nur einen zu schnellen Schritt auf mich zu machte. Er hatte mich nicht geschlagen, aber er war grober geworden, in Worten, in Taten, und als ich eines Nachmittags die Tür ins Schloss fallen hörte, um eine Uhrzeit, zu der er zu Hause nichts zu suchen hatte, blieb mir fast das Herz stehen. Ich wusste, dass ich nichts Falsches gemacht hatte, aber was half das schon. Ich hörte seine Schritte, er war bereits im Schlafzimmer, schon öffnete er die Tür zum Bad. »Da bist du!« Ich war gerade mit dem Sport fertig gewesen und stand unter der Dusche. Ich drehte das Wasser ab, öffnete die angelaufene Glastür und steckte den Kopf raus. Bevor ich noch fragen konnte, warum er da war, begann er schon aufgeregt zu erzählen. »Sie schicken jemanden ins Exil. In einer halben Stunde geht es los! Komm, beeil dich!« Ich war heilfroh, dass das der Grund seines Kommens war, bis mir klar wurde, was das bedeutete. Zum ersten Mal wollte er mit mir das Haus verlassen, genau das tun, was er immer kategorisch ausgeschlossen hatte, weil man uns zusammen sehen könnte. Und jetzt wollte er nicht nur mit mir in die Öffentlichkeit, sondern direkt in einen Menschenauflauf hinein. Ich wusste, dass er wütend werden würde, wenn ich ihn darauf hinwies, so aufgeregt, wie er war, also stieg ich aus der Dusche, trocknete mich ab und versuchte ruhig zu bleiben, ruhig und rational. »Ich hab ganz nasse Haare, magst du nicht allein gehen?«, sagte ich. »Meine Güte, ich bin extra gekommen, um dich zu holen, damit du mal was erlebst. Willst du immer hier zu Hause rumkleben?« Er schien sich selbst nicht als den Grund dafür zu verstehen, dass ich zu Hause bleiben musste. Ich war sprachlos.

Sie inszenierten es nicht oft öffentlich, wenn sie jemanden ins Exil schickten, aber es kam vor. Ich hatte es mir noch nie angesehen, ich empfand es als unmenschlich; die Handlung selbst, aber dabei hinzuglotzen noch mehr. »Wieso bist du denn immer so? Komm, komm, schnell!« Er ließ mich im Bad stehen. Während ich mich fertig machte – ich hatte mir gerade die Unterwäsche angezogen –, wurde mir unglaublich schlecht. Ganz deutlich sah ich vor mir, dass sie Juri wegschicken würden, sah es so klar, als wäre es schon passiert. Ich rutschte auf den Boden und versuchte mich zu sammeln, mir zu sagen, dass das doch absurd war. Wieso denn gerade ihn? Aber es half nichts. »Kommst du jetzt, verdammt«, rief er, gleich würde er richtig wütend werden. Ich antwortete nicht, ich konnte nicht. Kurze Zeit später stand er wieder im Bad. »Mir geht's nicht gut«, presste ich hervor. Er ging in die Hocke, sodass wir auf Augenhöhe waren. Er legte seine Hand auf meine Stirn, um zu überprüfen, ob ich Fieber hatte. Kurz dachte ich, dass er mich einfach ins Bett bringen würde. Aber nachdem er mich ein paar Sekunden lang vermessen hatte, packte er meine Arme und zerrte mich vom Boden hoch, nahm das Kleid, das ich vorbereitet hatte, und zog es mir über den Kopf. Ich versuchte mich zu wehren, hatte aber zu wenig Kraft. Er setzte mich auf den Waschtisch wie eine Puppe, griff nach der Strumpfhose und stülpte sie gegen den Widerstand, den die Feuchtigkeit leistete, über meine Beine. Währenddessen murmelte er immer wieder, dass ich zu nichts zu gebrauchen wäre und immer nur simulieren würde. Er scheuchte mich ins Erdgeschoss, wo er mich in eine Jacke steckte und mir Schuhe anzog.

Sobald er mich aus dem Haus manövriert hatte, änderte sich seine Stimmung schlagartig. Er hatte sich eines dieser fahrenden Ersatzteillager aus dem Firmenbesitz ausgeborgt, deren Akkus nur so kurz hielten, dass man nicht besonders weit mit ihnen kam. »Für meinen Liebling nur das Beste«, sagte er stolz und verbeugte sich leicht vor mir. Er macht mir die Tür des Autos auf, ich kroch auf den Beifahrersitz, die Strumpfhose irgendwo bei den Knien. Während wir ostwärts fuhren, erzählte er mir atemlos, was passiert war.

43

Ein junger Bursche war getötet worden. Man hatte seine Leiche über den Abgrund gestoßen, um es wie einen Suizid aussehen zu lassen, doch wurden neben den Fußabdrücken des Opfers weitere gefunden. Später sagten jene, die zu den Abdrücken gehörten, sie hätten ihren Freund zurückhalten wollen. Sie hatten wohl nicht erwartet, dass man die Leiche überhaupt finden, geschweige denn der Sache nachgehen würde. Offenbar hatte es einen anonymen Hinweis gegeben, und das System sah eine

Chance gekommen, ein Exempel zu statuieren. Man hatte die Leiche genau untersucht, wobei festgestellt worden war, dass der junge Mann schon tot war, bevor man ihn über den Abgrund befördert hatte. Man fand Verletzungen, die nicht durch den Sturz zustande gekommen sein konnten.

Man befragte die Freunde des Burschen, aber niemand sagte etwas. Doch dann: der Hinweis. Jemand hatte sich gemeldet, der gesehen haben wollte, wie ein paar Jugendliche einander im Wald verprügelten am Tag, an dem der Junge zu Tode gekommen war. Er gab zu Protokoll, dass es ein seltsamer Anblick gewesen sei, da es nicht wie ein Streit gewirkt habe, der eskaliert war. Er sagte, dass es ausgemacht, einvernehmlich ausgesehen habe. Daraufhin meldeten sich weitere Menschen, die Ähnliches beobachtet haben wollten: kleine Gruppen von Jugendlichen, die einander in vollem Einverständnis schlugen.

Man machte ein großes Brimborium, um die Täter zu überführen, inklusive Hausdurchsuchungen. Man verglich die Schuhabdrücke mit den Schuhen der Freunde des Opfers. Wie die Jugendlichen – es handelte sich offenbar um zwei – ausfindig gemacht worden waren, die nun vor einer riesigen Menschenansammlung exiliert werden sollten, erwähnte Gil nicht.

Als wir angekommen waren, nahm er mich an der Hand und zerrte mich durch die Menge hindurch hinter sich her, um weiter vorne etwas sehen zu können. Ich schaute aus Angst nur auf den Boden, um zu verhindern, dass Juris Gesicht in meinem Blickfeld auftauchte. Doch als Gil abrupt stehen blieb, sah ich doch auf. Juri war keiner der beiden, die dort darauf warteten, exiliert zu werden. Es waren zwei Mädchen. Eines, das ich nicht kannte, das andere war die schöne Anouk.

44

Ich erinnerte mich an die Szene im Wald, als wäre es gestern gewesen. »Die Sache«, über die Anouk mit Juri hatte sprechen wollen, musste etwas mit diesen Gewaltspielen zu tun gehabt haben. Aber dass er bei so etwas mitgemacht hätte – ausgeschlossen. Ich sah seinen nackten, unversehrten Körper vor meinem geistigen Auge. Nein, Juri ließ sich nicht verprügeln. Aber er musste wissen, was vorging. Umso erleichterter war ich, dass es nicht er war, der aus der Siedlung geworfen würde, sondern die beiden jungen Frauen, auch wenn sie mir leidtaten. Sie waren es sicherlich auch nicht gewesen, die den Jungen zu Tode geprügelt hatten. Keiner, der gekommen war, um die Exilierung zu verfolgen, schien ihnen das zuzutrauen, das war zumindest der Tenor des Gemurmels der Menge. Vielleicht waren sie es gewesen, die den toten Körper über den Abgrund manövriert hatten, die aufräumen mussten, wie ihre Schuhe es zu beweisen schienen. Dieselben Schuhe, die doch alle trugen, die Dienst an den Grenzen verrichteten, die im Wald, in den Fabriken oder im Kraftwerk arbeiteten. Man hatte den Mädchen sicher einen Tauschhandel angeboten. Ihr Verbleiben in der Siedlung gegen die Namen der Täter und aller, die sich an der Gewaltausübung beteiligt hatten. Aber die jungen Frauen schwiegen, auch jetzt. Zwei Hochverräterinnen, die nichts verraten wollten.

Die Menschenmenge wurde still, die Ansprache eines Vertreters des Systems hatte bereits begonnen. Es drangen nur Fetzen des Gesagten zu mir durch. Der Mann sprach davon, dass die gesetzlose Gewalt an den Grundfesten unserer Gemeinschaft rüttle, dass sich der Zustand der Siedlung, die

Lebensqualität aller verschlechtern würde, wenn in unserer Mitte radikale Subjekte mutwillig gegen Regeln verstießen, die zur Sicherheit der Gemeinschaft dienten.

Weiter, dass die Exilierung dieser zwei Subjekte erst der Anfang eines Kampfes gegen die Aushöhlung unserer Werte sei, dass sich hier niemand mehr sicher fühlen soll, der nur an die Ausübung von Gewalt dachte. Dann zeigte er auf die beiden Frauen, die als Grenzerinnen im Dienst des Systems standen, als Beweis dafür, dass auch jene vom rechten Weg abkommen konnten, die ebendiese Werte schützen sollten. Der Systemvertreter winkte zwei uniformierte Altersgenossen der beiden Mädchen herbei, die sie in den Wald begleiten sollten, wo sie über die Grenze zu gehen hatten, in den Tod. Anouk und ihre Kollegin ließen das widerstandslos mit sich geschehen, und als sich die Vierergruppe langsam entfernte, sah es so aus, als würden sie einfach nur einen Spaziergang machen.

In die Menge kam nun Bewegung, die Ersten machten sich bereits auf den Heimweg. »Können wir gehen?«, sagte ich zu Gil, »mir ist wahnsinnig kalt.« Ich zitterte am ganzen Leib. »Kurz noch«, sagte er und legte den Arm um mich. Ich ließ meinen Blick schweifen. Und da sah ich ihn plötzlich in der Menge stehen: Juri.

Ich lächelte ihn an. Ich war so ungemein froh, dass es nicht ihn getroffen hatte. Auch er lächelte. Wir betrachteten einander wohl zu lange, ich merkte, dass Juris Augen nun Gil fokussierten, der wiederum mich anschaute. Er packte mich fest: »Wer ist das?« »Niemand«, sagte ich. »Du verdammte Hure!«, spuckte er mir ins Gesicht und fasste den Kragen meiner Jacke. Er schleppte mich hinter sich her, wie ein ungezogenes Kind. Ich versuchte zu Juri zurückzuschauen, der noch immer an Ort und Stelle stand und nicht wusste, was er tun sollte. Ich schüttelte den Kopf, um ihm zu vermitteln, dass er bloß nicht einschreiten sollte. Gil beschimpfte mich einstweilen wüst. Dann stolperte ich und verlor das Bewusstsein.

45

Ich war wieder in der Menschenmasse am Waldrand, dieses Mal ohne Gil. Ich reckte meinen Kopf und sah mich selbst, wie ich anstelle von Anouk ins Exil geschickt werden sollte. Ich versuchte mich durch den Mob zu kämpfen, und bald schon verlor ich mich aus den Augen. Dann sah ich Anouk und das andere Mädchen, wie sie im Wald auf mich einprügelten, mir die Zähne ausschlugen und mich zwangen, sie runterzuschlucken. Plötzlich war ich bei mir zu Hause, aber die Wohnung stand unter Wasser. Samu, der Bademeister, und Anis, der Arzt, lebten bei mir. Zusammen versuchten wir ein Bett zu zimmern, kamen aber nicht voran, weil wir ständig die Tür öffnen mussten, um Luft zu holen. Immer wieder hörte ich einen von ihnen meinen Namen sagen, meinen echten Namen. Aber kaum hatte ich ihn verstanden, konnte ich mich schon nicht mehr an ihn erinnern. Ich versuchte mich zu konzentrieren, ganz genau zuzuhören, doch je mehr ich mich anstrengte, desto beliebiger schien mir die Aneinanderreihung von Lauten.

Emma war oft in diesen Fieberträumen. Sie stürzte ins Haus mit einer Tasche in der Hand, sagte, ich solle meine Sachen packen, schnell. Und obwohl ich sogleich daranging, war ich zu schwerfällig, bewegte mich wie in Zeitlupe. Schon während des Zusammentragens all meiner Gegenstände wusste ich, dass wir es nicht rechtzeitig schaffen würden, bis Gil nach Hause kam. Manchmal waren es aber auch angstvolle, erotische Träume, in denen wir miteinander schliefen, sie und ich, darauf bedacht, leise zu sein und nicht ertappt zu werden. Von wem, war nicht klar. Dann wachte ich auf, lag schwitzend im Bett, froh, dass es nur ein Traum war, bis ich Emma an meiner Bettkante sitzen sah. Ich erschrak, fuhr hoch. Sie wirkte unendlich weit entfernt. »Na, kannst du ihn auch nicht verlassen?«, fragte sie mich. »Emma, du bist ja noch da!«, rief ich. »Das bildest du dir mal wieder nur ein«, sagte sie.

Wenn ich manchmal wirklich aufwachte, saß Gil, der die Form eines dunklen Farbflecks angenommen hatte, an meiner Seite und tupfte mir den Schweiß von der Stirn. Dabei gurrte er leise Worte, deren Bedeutung nicht zu mir durchdrang. Manchmal trug er mich in die Dusche und dann wieder ins Bett. Einmal stellte er mich auch wie einen kaputten Hocker im Garten ab, wo er den Kirschlorbeer mit einer Heckenschere, die immer größere Ausmaße annahm, umschnitt und dann seine Wurzeln aus der Erde grub, als wollte er mir damit sagen, dass er wusste, dass ich ihn von dort aus bespitzelt hatte, dass es kein Versteck für mich gab. Als ich später wieder gesund war und in den Garten hinausschaute, musste ich feststellen, dass es dem Lorbeer bestens ging. Ich hatte mir die Szene im Fieberwahn nur eingebildet.

Täglich wurde das Gefühl in mir stärker, dass es nicht das Einzige war, was ich mir eingebildet hatte. Meine Gedanken kreisten ständig um den Tag, als ich Gil und Emma gesehen hatte. Ich spielte die Situation auf der Plattform immer wieder ab, und je öfter ich das tat, desto diffuser wurden meine Erinnerungen. Zuerst der bizarre Unfall, die Fahrt zum Platz, die Plattform. Das Bild zerfloss, bis nur noch Symbole blieben, die genau so surreal schienen wie ausfallende Zähne, wie im Schwimmbad zu ertrinken, wie Gegenstände, die verschwinden, wie Gil, der den Lorbeer umschnitt. Ich versuchte mich an den Dingen festzuhalten, die ganz sicher real waren. Ich wusste, dass der Unfall passiert war, ich hatte mich verletzt, Juri hatte mich verarztet. Aber war er wirklich so passiert, wie ich mich an ihn erinnerte? Hatte mich die Frau wirklich beschimpft und geschubst, hatte ich sie wirklich geschlagen? Das schien mir plötzlich sehr unwahrscheinlich, so etwas tat ich doch nicht.

Es kostete mich noch einige Überwindung, bis ich mir erlaubte, mir die größte aller Fragen zu stellen: Hatte ich Emma und Gil wirklich gesehen? Was, wenn ich es mir einbilden wollte? Wenn ich dort oben auf der Plattform ihre Köpfe auf die Körper eines anderen Paares projiziert hatte? War das nicht möglich?

Ich glaubte, dass allein das Eingeständnis, dass es Einbildung gewesen sein könnte, mich völlig aus der Bahn werfen würde. Ich war mir so sicher gewesen, dass ich die beiden gesehen hatte … Könnte ich mich je wieder auf mich verlassen, wenn es nicht so war? Aber sobald ich begann, den Gedanken, dass sich meine Fantasie selbstständig gemacht hatte, zumindest zu dulden, verschob sich etwas. Langsam dämmerte mir, dass die Frage, ob ich sie wirklich gesehen hatte, die falsche war. Die richtige lautete, warum ich sie unbedingt sehen wollte. Die Antwort darauf war so banal, so logisch, dass es mir peinlich war: Ich konnte nicht loslassen. Ich hatte mir diese vermutlich letzte Begegnung interessanter gestalten wollen, als sie eigentlich war. Emma zu finden, obwohl es da nichts zu finden gab, war eine lächerliche Ausrede gewesen, die Begegnung nicht zu beenden.

Das Eingeständnis warf mich nicht aus der Bahn. Zuzulassen, dass es reine Einbildung war, lenkte mich erst wieder auf die richtige. Ich musste aufhören, ich musste mich von Gil loseisen. Nicht nur, weil es kein Geheimnis gab, das ich aufdecken konnte, sondern auch, weil schon bald ein halbes Jahr vergangen sein würde. Die Dauer, die eine Begegnung laut meinen eigenen Regeln nicht zu überschreiten hatte. Es wurde höchste Zeit. Allerhöchste.

46

In jedem von Gils Blicken saß die wissende Angst, dass ich ihn bald verlassen würde. Er machte nicht die Regeln unserer Vereinbarung dafür verantwortlich, sondern sich selbst. Am Tag, als die Mädchen ins Exil geschickt worden waren, hatte er eine Grenze überschritten, wieder eine Grenze überschritten, und vielleicht war das die eine Grenzüberschreitung zu viel. Juri, den Auslöser seines hässlichen Verhaltens mir gegenüber, hatte er seitdem mit keinem Wort erwähnt, keine Fragen gestellt. Er wusste, dass er kein Recht dazu hatte, aber es musste ihm viel abverlangt haben. Er war unruhig, versteckte sich geradezu vor mir und glaubte, jede falsche Bewegung könnte das Gespräch, vor dem er sich so fürchtete, in Gang setzen. Dabei hatte ich mehr Angst davor als er.

Eines Tages hielt er es nicht länger aus. »Es tut mir leid«, platzte es ganz plötzlich aus ihm heraus; zum ersten Mal entschuldigte er sich richtig. Ob er meinte, dass er mich bei der Exilierung aufs Ekelhafteste beschimpft und hinter sich hergezerrt hatte, oder ob seine Entschuldigung für alles, was ich ihm vorwerfen konnte, gelten sollte, konkretisierte er nicht. »Schon gut«, sagte ich, obwohl es das nicht war. Ich wollte gerade dazu ansetzen, endlich zu sagen, was gesagt werden musste: dass es aus war. Da durchkreuzte er mein Vorhaben: »Bleib bei mir, bitte«, sagte er. Ich starrte ihn an, als hätte ich nicht richtig gehört. »Als du so krank warst …«, fuhr er fort, »ist mir bewusst geworden, wie wichtig du mir bist. Ich möchte dich nicht auch noch verlieren.«

Er wusste ja nicht einmal, wer ich war, dachte ich. Ich wusste ja nicht einmal, wer ich war. Ich lachte auf. »Im Ernst. Ich habe diese ständigen Auseinandersetzungen satt. Wir könnten es doch eigentlich gut miteinander haben. Du kannst diese Arbeit, diese Begegnungen aufgeben, ich kümmere mich um dich … Vielleicht entsteht etwas daraus, zwischen uns, vielleicht auch nicht, aber wir könnten es zumindest versuchen.«

Er wartete auf meine Antwort, ich schwieg.

»Ich glaube, ich bin mittlerweile mehr über Emma hinweg als du«, sagte er auf eine seltsam versöhnliche Art. Ich musterte ihn und er mich.

»Ich schwöre, dass Emma die Siedlung verlassen hat«, sagte er.

»Ich weiß«, sagte ich.

Ich war mir nicht sicher, ob er selbst wirklich daran glaubte, was er mir vorschlug. Er war kein Mensch, der eine harmonische Partnerschaft wollte, er brauchte Reibung. Früher oder später würde er wieder anfangen zu sticheln. Oder er würde sich ganz lange zurückhalten, bis sich alles aufgestaut haben würde. Und dann bräuchte es nur eine Kleinigkeit, wie ein aus Versehen weggeworfener, angeblich wichtiger Zettel, ein eingelaufenes Hemd oder zu weich gekochtes Gemüse, und er würde zerspringen. Er wusste das. Ich wusste das.

Und trotzdem sagte ich mir, dass ich ihn immer noch verlassen könnte, wenn er wieder unerträglich würde. Dass es dumm wäre, jetzt zu gehen, wo ich ihn unter Kontrolle hatte. Ich sagte mir alles, was ich mir sagen musste, um vor mir selbst zu rechtfertigen, dass ich blieb.

Vier

47

Der Sommer präsentierte sich so idyllisch, dass man ihm sofort hätte misstrauen müssen. Fast jeden Tag schien die Sonne, und manchmal wurde es so warm, dass man ohne Jacke gehen konnte. Statt den müden Gesichtern auf den Straßen sah man plötzlich verliebte Paare und hörte Kinder lachen. Ich musste mich erst wieder daran gewöhnen, dass das Licht in den Straßenlaternen brannte und manche Busse zu ihren ursprünglichen Endstationen fuhren. Die Jugendlichen saßen mit Getränken auf den Brücken und ließen die nackten Beine über dem Fluss baumeln. Dabei waren sie entspannt und fröhlich und wirkten, als hätten sie gar nie gewusst, was Gewalt überhaupt war.

Die Stimmung hatte sich mit einem Schlag geändert, als wäre die Siedlung das, was es immer über sie geheißen hatte: ein schöner, ein lebenswerter Ort.

Auch für mich hatte eine neue Phase begonnen. Ich schlüpfte langsam aus Emma heraus wie aus einem Badeanzug. Ich legte das Verhalten ab, das ich mir so mühevoll antrainiert hatte. Kein Stehen an der Glasscheibe, kein Herumwandern im Wald. Kein Wahnsinn, keine Provokationen. Meine Stimme wurde etwas heller, meine Haare wurden lockiger und brauner, mein Gesicht ungeschminkter, meine Kleidung enger. Diese Frau war auch nicht ich, aber sie war eine gute Mischung aus jemandem, der ich an einem guten Tag hätte sein können, und jemandem, mit dem Gil gut sein konnte. Wir machten keine neuen Regeln für unser Zusammensein. Beide arbeiteten wir mit Annahmen und versuchten einander nicht auf die Füße zu treten. Er stellte mir keine Fragen über meine Vergangenheit und machte keine Anstalten, intim werden zu wollen, weder emotional noch physisch. Ich ließ ihn dafür Entscheider sein, untergrub die Autorität, die er so gern hatte, nicht. Vor allem hüteten wir uns davor, laut zu fragen, wohin das zwischen uns führen sollte. Unsere Beziehung unterschied sich also wahrscheinlich nicht von den meisten Beziehungen.

Harmonisch war es zwischen uns auch deswegen, weil wir einander kaum sahen. Gil kam spätabends nach Hause, wenn ich schon schlief. Er würde seinem Chef bald auf dessen Posten nachfolgen und machte deswegen Überstunden. Außerdem hatte seine Firma gerade einen großen Auftrag erhalten: Das Museum für Naturkunde sollte endlich einem Komplex weichen. Das System hatte entschieden, jegliche Erinnerung an das Davor auszumerzen. Ich dachte an Juri. Er würde sich nach etwas Neuem umsehen müssen. Gil fragte ich nur, was mit den ausgestopften Tieren im Museum passieren würde. Er zögerte mit einer Antwort, sagte dann aber, dass wohl jemand von draußen Interesse an dem Kram angemeldet hätte und man die Tiere gegen etwas tauschen würde, das das System brauchte. Was, wusste er nicht. Er fragte, ob ich gern in diesem Museum war. »Ja«, sagte ich vorsichtig. Ich war es noch nicht gewohnt, ihm ab und zu aufrichtige Antworten zu geben. »Soll ich dir ein Andenken mitbringen?«, fragte er. Ich verneinte. Wo sollten wir zwei kämpfende Riesenechsen auch hinstellen?

Die Geschäftigkeit in der Siedlung übertrug sich sogar auf Radan, dessen Waren auf einmal deutlich bessere Qualität aufwiesen als früher. »Neue Lieferanten?«, fragte ich ihn eines Tages, als ich bei ihm einkaufte. Bevor er noch antworten konnte, mischte sich ein Kunde ein, ein alter Herr, der mir davor schon aufgefallen war, weil er jeden Kohl in die Hand nahm, drehte und wendete: »Das Zeug ist nicht von hier«, sagte er, lauter als nötig, »das kommt von draußen, das sieht man doch!« Radan wurde unruhig. »Schauen Sie sich das an, junge Frau«, sagte der Herr und versuchte, mich zu sich zu winken. »Ist schon gut«, sagte ich, »ich glaub es Ihnen schon.« Er ließ den Kohl, den er gerade untersuchte, auf die anderen plumpsen und verließ die Bude unter leisem Schimpfen. Ich zwinkerte Radan amüsiert zu, aber er verzog keine Miene. Ich kaufte den verschmähten Kohl.

Nach dem Ausflug zu Radan legte ich mich ein bisschen hin, konnte aber nicht einschlafen. Nachdem ich eine Weile auf einem der Sofas im Wohnzimmer dahingedämmert hatte, hörte ich ein dumpfes Pochen. Ich setze mich auf und sah mich um. Weil ich die Geräuschquelle noch immer nicht ausmachen konnte, stand ich auf. Das Pochen konnte nicht aus dem Obergeschoss kommen, dafür war es zu nah. Nun sah ich die Einkaufstasche am Küchenboden. Sie zitterte leicht. Ich näherte mich ihr vorsichtig, während das Pochen lauter wurde. Ich sah hinein. Es war der Kohl, der schlug. Ich fischte ihn aus der Tasche. Es schien ihm Angst zu machen, denn es klopfte nun schneller aus ihm heraus. Mit Schwung wuchtete ich ihn auf das Schneidbrett, packte mit der anderen Hand das Beil, das wir nicht besaßen, und schnitt ihn entzwei.

48

Ich schrak aus dem Schlaf hoch, war völlig desorientiert. Ich brauchte lange, um zu begreifen, dass das Pochen von draußen kam. Jemand schlug mit der flachen Hand gegen die Haustür. »Mimi«, rief dieser Jemand, und ich war sofort hellwach.

Ich konnte ihn nicht ignorieren. Er schien zu wissen, dass ich da war, und er würde nicht weggehen. Ich hetzte zur Tür, riss sie auf und zog ihn herein. »Juri, was machst du hier?«, zischte ich ihn an, »wir können uns nicht sehen, du musst sofort wieder gehen.« Stattdessen ließ er den Blick langsam durch den Raum schweifen, ging ins Wohnzimmer, setzte sich auf eines der Sofas, sank ein, entschied dann, sich darauf hinzulegen, auf den Rücken. Ich schaute ihn perplex an. Vielleicht war er Gil und mir nach der Exilierung gefolgt und wusste deshalb, wo wir wohnten. Vielleicht hatte er es auf einem anderen Weg herausgefunden. Es spielte keine Rolle. »Komm«, sagte er. Ich dachte, dass ich ihn wohl schneller wieder loswerden würde, wenn ich tat, was er wollte, also setzte ich mich ihm gegenüber.

Er schwieg lange, ein angespanntes Schweigen, dann schaute er mir in die Augen und sagte nur ein Wort: »Bitte« – und alles lag darin: die Verletzung darüber, dass ich ihn zurückgewiesen hatte, die Enttäuschung und das Mitleid, dass ich lieber bei diesem Mann war, der mich nicht gut behandelte und den ich nicht liebte, und eine tatsächliche Bitte, die Bitte, mit ihm mitzugehen. Mir kamen die Tränen, die ihm die Antwort gaben: Ich würde es nicht tun.

Er schluckte, dann liefen auch ihm Tränen über die Wangen. Er starrte an die Decke.

»Ich dachte, sie schicken dich weg«, sagte ich, um irgendetwas zu sagen. Die Exilierung war lange her, aber er wusste, wovon ich sprach.

»Ich weiß«, sagte er.

»Bist du traurig wegen Anouk?«

Er antwortete nicht.

»Hast du mitgemacht, bei diesen ... diesen Spielen?«, fragte ich ihn.

Auch darauf antwortete er nicht.

»Was machst du jetzt, wo das Museum abgerissen wird?«, versuchte ich es weiter. Sein leises Lachen gab mir zu verstehen, dass er das für eine irrelevante, ja, dumme Frage hielt wie auch die Fragen davor. Ich sah ihn an, den schiefen Juri, wie er da so lag, wie das Zwielicht seinem Gesicht einen erhabenen Rosaton verlieh, sah, wie schön er eigentlich war. Er verschränkte die Arme hinter seinem Kopf und schaute mich an. Zu weinen hatte er aufgehört, aber die feuchten Rinnsale auf seinen Wangen waren noch sichtbar.

»Weißt du noch, wie wir mal über die Siedlung geredet haben, die Dinge, die hier vorgehen? Dinge, die unmöglich sind? Weißt du noch, wie ich gesagt habe, dass ich glaube, dass es zu Ende geht?« Ich wusste es noch, aber es fühlte sich an, als wäre es in einem anderen Leben gewesen.

»Aber Juri, gerade ist doch alles ... Sieh dich in der Siedlung um, es ist doch gerade alles wirklich ... wirklich schön!«

»Es wird immer kurz besser, bevor es ganz schlecht wird«, sagte er.

»Juri«, sagte ich ernst. Ich musste ihn loswerden, in einer Stunde spätestens würde Gil zurückkommen.

»Es geht zu Ende. Ich kann es dir beweisen«, sagte er.

»Wovon redest du?«, sagte ich entnervt, ich verlor langsam die Geduld.

Aber davon ließ er sich nicht beeindrucken. Er blieb einfach liegen und heftete seinen Blick wieder an die Decke. Zuerst passierte scheinbar gar nichts, doch dann sah ich es. Nur noch Juris Hintern lag am Sofa auf, bis auch dieser sich langsam davon abhob, in die Luft. Juri schwebte, schwebte mindestens zehn Zentimeter über dem Sofa, und das Erste, was ich dachte, war, wie schief dieser Bursche sogar in der Schwebe aussah.

Ich schrie auf.

Sein Körper fiel jäh ins Sofa zurück, das ihn wie eine Wolke umhüllte.

Ich stand auf, starrte ihn an. Dann stand er auch auf. Er legte mir seine Hand auf die Wange und sagte: »Verbring die letzte Zeit nicht hier«, bevor er ging.

49

In den nächsten Tagen verwendete ich alles, was ich an Konzentration aufbringen konnte, um Gil gegenüber so zu tun, als hätte ich die Welt nicht mit meinen eigenen Augen aus den Fugen geraten gesehen. Ich konzentrierte mich darauf, nicht zu zittern, beim Gehen nicht plötzlich einzuknicken und vor allem nicht loszuschreien. Unter allen Umständen musste ich für mich behalten, dass ich das Unmögliche gesehen hatte. Er würde mir nicht glauben, und daraus war ihm nicht einmal ein Vorwurf zu machen: Es war nicht zu glauben.

Aber dieses Mal war ich mir sicher, dass es keine Einbildung war: Juri war geschwebt.

Ich würde es verdrängen, es auslöschen müssen, sagte ich mir, als wäre das eine Aufgabe, die man so einfach erledigen könnte wie den Wocheneinkauf. Ich würde so leben müssen, als wäre es nicht passiert.

Wie es Juri mit dieser bizarren Fähigkeit erging und was er mit ihr machen würde – daran dachte ich nicht einmal. Mir wäre auch gar nicht in den Sinn gekommen, dass Juris Schweben kein Einzelfall sein könnte. Aber genau eine Woche später, die vielleicht längste Woche meines Lebens, kam Gil ausnahmsweise früher nach Hause. Er riss die Tür auf und sah mich mit einem Blick an, den ich noch nie an einem Menschen gesehen hatte. Und doch spürte ich, dass es genau derselbe war, den ich aufgesetzt hatte, als Juri abgehoben hatte. »Du wirst nicht glauben, was passiert ist«, jauchzte Gil. »Du wirst es nicht glauben«, wiederholte er, aber ich glaubte es schon.

Er war wieder mit dem lädierten Wagen gekommen, und wir fuhren langsam Richtung Zentrum. Grüppchen von Menschen standen mitten auf den Straßen, jeweils versammelt um eine Person, die leicht über dem Boden schwebte und dann herunterplumpste oder elegant absank. Offenbar ging es immer nur kurz und unter großer Konzentration, und man konnte sich maximal ein bis zwei Fußbreit nach vorne und hinten bewegen. Manche taten es aus dem Stehen, andere aus dem Sitzen und andere aus dem Liegen heraus so wie Juri. »Noch mal, noch mal«, hörte man die Leute rufen. Nur langsam gingen sie zur Seite, wenn sich Gils Wagen näherte. Irgendwann kamen wir gar nicht mehr weiter. Die Leute standen zu dicht beieinander, also ließen wir den Wagen am Straßenrand stehen und mischten uns unter sie.

In den Fetzen der Gespräche, die zu mir drangen, wurde über mögliche Ursachen diskutiert. Ob die Schwerkraft denn Aussetzer haben könnte. Ob es Spätfolgen von Krankheiten waren, die jene, die es konnten, als Kinder gehabt hatten. Ob es ansteckend wäre, eine Art Virus, der um sich greifen würde, bis es schließlich alle konnten. Und mancher fragte ganz leise, ob es wohl nur die Menschen in unserer Siedlung könnten oder die in den anderen Siedlungen auch.

Das System schickte seine Ordner aus, die die Einwohner wieder in ihre Wohnungen schicken sollten, aber die meisten von ihnen waren selbst so aufgekratzt, dass sie stattdessen mit den Leuten über das Schweben diskutierten.

Zuerst war ich noch erleichtert gewesen, dass ich nicht allein war. Alle, dachte ich, würden mit einer völlig neuen Realität zurande kommen müssen. Aber je länger ich auf die Körper in der Luft starrte und wie sie sich in den Augen der Schaulustigen spiegelten, desto banger wurde mir. Niemand schien sich so richtig an der Unmöglichkeit des Schwebens zu stören. Es wurde als willkommene Abwechslung, als eigentümliche, aber unterhaltsame Laune der Natur wahrgenommen. Die Stimmung erinnerte fast an ein Volksfest, Gil bekam kaum den Mund zu vor Staunen. Nun war ich es, die ihn am liebsten packen und schütteln wollte, ihn fragen wollte, ob er wahnsinnig war, ob denn hier alle wahnsinnig geworden waren. »Das ist doch nicht normal«, wollte ich schreien.

Ein paar Tage später ertappte ich ihn dabei, wie er in der Küche stand, sich an der Arbeitsfläche abstützte und sich auf die Zehenspitzen stellte. Er versuchte zu schweben. Es hob mir den Magen aus. »Hör sofort auf!«, rutschte es mir heraus. Er drehte sich erschrocken um, das Lächeln noch auf dem Gesicht. »Warum denn?«, fragte er. »Weil man sich nicht mit dem Unmöglichen arrangieren darf«, wollte ich sagen. Es waren Juris Worte, die mir plötzlich präsent waren, weil ich ihren Sinn nun verstand. Ich schwieg. Sein Blick verfinsterte sich. »Fang mir bloß nicht wieder so an, ja?«, sagte er. Er meinte damit, dass ich mich nicht wie Emma benehmen sollte. Nicht wie eine Person, die mit der Wirklichkeit nicht zurande kam. Dabei schien ihm völlig egal zu sein, wie unwirklich diese Wirklichkeit war.

50

Insgeheim war er froh. Es gefiel ihm, dass er wieder beunruhigt sein konnte, dass er wieder glaubte, mich vor mir selbst beschützen zu müssen, weil ich etwas Dummes tun könnte. Er besah mich wieder argwöhnisch, wenn ich das Haus verließ. Am liebsten hätte er mir meine Spaziergänge durch die Siedlung verboten. Aber da ich mich nach dem kleinen Ausrutscher in der Küche unauffällig verhalten hatte, ließ er mich in Frieden. Gils Kontrolle zu entkommen, war aber gar nicht der Hauptgrund, warum es mich hinauszog: Ich hoffte, Juri zu begegnen. Mir schienen all die absurden Dinge, die er mir erzählt hatte, nun doch nicht mehr ganz so absurd. Vor allem aber vermisste ich seine schiefen Umarmungen, sein übergroßes Verständnis für mich. Jedes Mal, wenn ich ihn bei meinen Abstechern ins Zentrum nicht zufällig traf, fühlte ich mich danach noch einsamer. Vielleicht war mir das anzusehen, denn eines Tages, ich war zwar eigentlich mit dem Fahrrad unterwegs, schob es aber gerade, anstatt damit zu fahren, winkten mich ein paar Buben, die am gegenüberliegenden Gehsteig in einiger Entfernung saßen, zu sich: »Sie da«, rief einer. Ich folgte dem Ruf. Als ich mich näherte, erkannte ich, dass es insgesamt fünf waren, jünger, als sie von Weitem gewirkt hatten. Ihre pubertären Körper steckten trotz des warmen Wetters in mehreren Schichten Kleidung, die ihnen viel zu groß war. »Wie kann ich helfen?«, fragte ich, nachdem ich mich vor sie hingestellt hatte. Zwei der Burschen begannen zu kichern, anscheinend wussten sie selbst nicht so recht, was sie von mir wollten. »Solltet ihr nicht in der Schule sein?«, fragte ich streng. »Schule ist langweilig«, antwortete einer. Ich wollte nicht, dass das Gespräch schon vorbei war, also fragte ich weiter.

»Und hier rumsitzen ist nicht langweilig?«

»Na ja, schon auch.«

»Was macht ihr denn normalerweise, wenn euch langweilig ist?«

»Normalerweise gehen wir zum Abgrund, aber …« Sie schauten alle etwas betreten zu Boden. »Aber was?«, fragte ich. »Na ja, alle haben zu schweben angefangen, und es nervt.« Ich begriff. Die Freunde der Buben konnten wohl schweben, sie aber nicht. Sie gehörten nicht mehr dazu.

»Warum können es manche und andere nicht?«, rutschte es einem heraus, und ich sah in seinen Augen, dass da eine kleine Hoffnung aufleuchtete, dass ich, eine beliebige Frau, die zufällig die Straße entlanggegangen war, die Antwort auf die Frage aller Fragen hatte. Eine Antwort, die es wahrscheinlich nicht einmal gab. Als ich schon sagen wollte, dass ich es auch nicht wisse, machte sich irgendetwas in mir selbstständig: »Seid froh, dass ihr es nicht könnt ...«, sagte ich und wusste in dem Moment noch nicht einmal, wie ich den Satz beenden würde, aber dann ging es schon weiter: »Es gibt Leute, die kommen nicht mehr runter.« Die Augen der Kinder – in diesem Moment waren sie kleine Kinder – weiteten sich. »Ich darf euch das nicht erzählen«, sagte ich verschwörerisch, »aber manche« – ich beugte mich ganz nah zu den Buben, die zusammengerückt waren – »schweben nicht nur ein paar Zentimeter über dem Boden. Sie heben ab wie ein Luftballon, immer höher und höher und höher und höher, haben überhaupt keine Kontrolle mehr, sind völlig hilflos. Da oben wird es immer kälter, wisst ihr, so kalt, dass sie am Ende erfrieren, wenn sie nicht vorher schon verdursten oder verhungern.« Purer Horror hatte sich in den Gesichtern der Buben breitgemacht. Ich ließ das Gesagte wirken. »Das dürft ihr niemandem erzählen«, sagte ich. Sie nickten folgsam. »Wachsam bleiben!«, zischte ich, wobei ich selbst nicht wusste, was wachsam bleiben in diesem Kontext überhaupt bedeuten sollte. Ich schwang mich auf mein Rad und fuhr grinsend davon.

Anis' Praxis lag am Heimweg, und ich hatte ihm ohnehin schon länger einen Besuch abstatten wollen. Ich freute mich schon richtig, ihm zu erzählen, was sich gerade zwischen den Buben und mir zugetragen hatte. Als ich seine Praxis erreichte, stand die Tür leicht offen. Etwas stimmte nicht. Ich hetzte hinunter in den Keller, der völlig leer war. Keine Liege, kein Tisch, kein Sessel, kein Schrank – vor allem kein Anis. Nur die Lavalampe lag am Boden, ein Riss zog sich durch die äußere Schicht des dicken Glases. Ich bückte mich und nahm sie an mich. Anis hatte recht behalten, das System musste ihn ausfindig gemacht, die Praxis ausgeräumt und ihn … Ich wollte mir nicht vorstellen, was sie mit ihm gemacht hatten. Vielleicht aber – und dieser Gedanke gab mir Hoffnung – hatte Anis seine Praxis auch vorsorglich geräumt, und es ging ihm gut. Ich versuchte, daran zu glauben, und scheiterte.

Ich kam deutlich später, als es Gil recht war, nach Hause. »Wo warst du?«, fuhr er mich an. »Entschuldige«, sagte ich, »ich habe die Zeit übersehen.« Natürlich gefiel ihm diese Antwort überhaupt nicht. »Was ist das in deiner Tasche?«, fragte er. Ich zog die kaputte Lavalampe hervor und hätte am liebsten geweint. »Die habe ich auf der Straße gefunden«, stammelte ich. Ich sah, wie er sich noch zurückhielt, wie er versuchte, nicht zu bersten, und wie es ihm schließlich doch nicht gelang.

»Fickst du ihn?«, spuckte er mir endlich ins Gesicht. Mit dieser Frage hatte ich eigentlich nicht mehr gerechnet, dabei lag sie auf der Hand. Gil hielt mich nicht nur für labil, er dachte auch, dass ich meine Spaziergänge dafür nutzte, Juri zu treffen. Gerade, weil es nicht abwegig war, tat ich umso empörter. »Ja«, schrie ich, »und weil ich so gut war, hat er mir eine kaputte Lavalampe geschenkt!«

Gil gab mir eine Ohrfeige. Danach sprachen wir einige Tage nicht miteinander und dann nie wieder darüber.

51

Wie das Schweben selbst verbreitete sich auch die Nachricht von seinem ersten Opfer rasend schnell in der Siedlung. Es war hoffnungslos kalt an dem Tag, an dem ich es erfuhr, eine Kälte, die nicht kurz einbrach und dann wieder verschwand, sondern eine, die gekommen war, um zu bleiben. Gil erzählte mir die Geschichte, als ich gerade die warmen Sachen aus dem Kasten hervorkramte: Ein Grüppchen von Jugendlichen wollte herausfinden, wer am längsten schweben konnte. Um es aufregend zu machen, bewegten sie sich wenige Zentimeter über den Abgrund hinaus, harrten dort kurz in der Luft aus und schwebten dann zurück. Einer hatte sich überschätzt und war abgestürzt. Eine dumme Mutprobe, die schiefgegangen war, ein tragischer Unfall, eine einmalige Sache. So dachte man.

Doch die Jugendlichen hörten mit ihrem neuen Spiel nicht auf, fast so, als stünden sie unter Zwang, es zu tun. Die Todesfälle begannen sich zu häufen. Nach dem vierten Toten untersagte das System das Schweben, sogar das Reden darüber. Es war nach seinem Auftauchen nicht verboten worden, weil es weder unter »Gewaltausübung« noch unter »Akkumulation von Wissen um das Draußen und Davor oder das Streben nach mehr« fiel und weil es die Bevölkerung zuerst gut unterhielt und dann zumindest nicht störte. Aber was hätte man auch gegen das Unmögliche tun sollen?

Nun wurde ein läppischer Zaun vor den Abgrund gebaut.

Die Jugendlichen ließen sich davon nicht abhalten. Sie stiegen stattdessen auf die Dächer der Wohnblocks und auf die Geländer der Brücken und schwebten dort über die Kante und zurück. Woche um Woche kam jemand ums Leben. Das System tat sein Möglichstes, aber nicht jedes Dach konnte abgesichert werden, die Brücken nicht rund um die Uhr bewacht.

Die Hilflosigkeit machte die Bevölkerung völlig handlungsunfähig, bis eines Tages jemand zu einer richtungsweisenden Tat schritt. Der Vater eines Jugendlichen, der beim Schweben abgestürzt war, verschaffte sich Zutritt zu den oberen Stockwerken eines der Komplexe, wo die hochrangigen Beamten des Systems saßen und die Siedlung verwalteten. Er, ein unscheinbarer Mann um die fünfzig, eher klein gewachsen, gedrungener Körperbau, betrat das Großraumbüro durch eine unverschlossene Tür, schritt an den Arbeitsplätzen entlang, griff sich einen beliebigen Beamten aus seinem Bürostuhl, schleifte ihn hinter sich her, öffnete mit der anderen Hand ein Fenster und warf den Beamten mit derselben Leichtigkeit hinaus, mit der man einen zerknüllten Zettel in den Müll wirft. All das geschah im Beisein der anderen Beamten, die den Vorgängen gebannt zuschauten. Danach seufzte der Mann; eine große Last war von ihm abgefallen. Er harrte seiner Verhaftung, die zeitnah erfolgte.

Diese kuriose Geschichte war kaum fertigerzählt, kaum noch ausgeschmückt worden, da flogen schon die ersten Steine. Der Beamtenmord hatte die allgemeine Starre aufgelöst. Die Menschen, die in den Komplexen arbeiteten, zertrümmerten die Waren, die sie gerade noch verkauft hatten, und jene, die gerade noch in der Schlange gestanden hatten, rafften an sich, was sie zu fassen bekamen. Es wurde geplündert, vor allem aber wurde zerstört. Die Buden wurden auf den Kopf gestellt, die wenigen Autos, die es gab, wurden angezündet. Jeden, den man verdächtigte, für das System zu arbeiten – denn ganz so genau wusste man das nicht –, ließ man die jahrelang unterdrückte Gewalt nun umso heftiger spüren. Vielleicht war die Raserei, die die Siedlung erfasste, aber auch die verspätete Reaktion, die einzig richtige Reaktion auf die Unmöglichkeit des Schwebens.

52

Gil war in den ersten Tagen der Randale noch zum mittlerweile halb abgerissenen Museum gegangen, um Menschen zu vertreiben, die Baustoffe stehlen oder einfach nur Schaden anrichten wollten. Eines Tages kam er dann mit einem blauen Auge von der Baustelle. Er erzählte nicht, was genau passiert war, ich konnte es mir ja vorstellen. Ab dann blieb er zu Hause und brütete über Zahlen. Auch wenn er sich beschäftigt hielt, setzte ihm dieses Aufs-Haus-beschränkt-Sein zu, das er nun als Problem wahrnahm, weil es ihn auf einmal betraf. »Jetzt weißt du, wie sich das anfühlt«, hätte ich gern gesagt, aber ich wollte ihn nicht zu sehr reizen; er war ohnehin schon nervös, weil die Lebensmittel innerhalb kürzester Zeit um das Zweifache teurer geworden waren.

Mir ging es ähnlich. Ich rechnete mir jeden Tag vor, wie lange ich von meinem Ersparten noch die Miete für meine Wohnung bezahlen könnte. Gil saß am Esstisch, umgeben von Zettelwerk, und manchmal setzte ich mich gegenüber, trank einen Tee und dachte nach. »Gib doch die Wohnung auf, du lebst doch sowieso hier«, sagte er irgendwann, als er gerade aufschaute. Ich hatte es nicht bemerkt, nur in die Leere gestarrt. So gut kannte er mich dann doch, dass er genau wusste, dass mich das Geldthema beschäftigte. Wenn es darum ging, waren wir uns erschreckend ähnlich.

Bei dem Gedanken, noch abhängiger von ihm zu werden, zog sich alles in mir zusammen. Gleichzeitig dachte ich, dass ich mir doch immer noch eine neue Wohnung suchen könnte, wenn ich ihn dann verlassen würde, irgendwann, irgendwann bald, wenn wieder Ruhe in die Siedlung eingekehrt wäre. Es könnte ja nicht ewig so weitergehen. Nach einigen Tagen, in denen ich die Vor- und Nachteile abwog, entschied ich mich dazu, der Vernunft und nicht dem mulmigen Gefühl zu folgen. Ich hatte zwar sehr lange in meiner Wohnung gelebt, hing aber nicht wahnsinnig an ihr. Es würde mir eigentlich nichts ausmachen, sie aufzugeben. Gil versuchte seine Genugtuung, dass ich seinem Vorschlag folgte, zu verbergen, grinste aber viel zu selbstzufrieden vor sich hin.

Er wollte beim Umzug helfen. Es war mir äußerst unrecht, dass er sehen würde, wo ich zu Hause gewesen war, dass er einen Raum betreten würde, der immer nur mir gehört hatte, aber so direkt konnte ich ihm das nicht sagen. Er würde außerdem bessere Argumente haben: Mich während der Randale allein umziehen zu lassen wäre doch ziemlich unverantwortlich von ihm, ich würde sicherlich ausgeraubt werden. Wie sollte ich außerdem mein ganzes Hab und Gut ins Haus transportieren ohne Hilfe? Jemanden damit beauftragen? Das kam gar nicht in Frage, das wäre nur Geldverschwendung, er hätte doch das Auto der Firma …

Ich wusste, dass er keine Widerrede dulden würde, nicht zuletzt, weil er ja mit allem, was er ins Feld führen würde, recht hätte. Aber ich fand zumindest ein kleines Schlupfloch. Ich sagte Gil, dass ich den Umzug vorab bei unserem Hausmeister ankündigen müsste, was auch stimmte. Den Besuch bei Olav wollte ich dazu nutzen, zumindest einige Dinge in der Wohnung, die Gil nichts angingen, loszuwerden oder bei Radan einzulagern. Während es hell war, war es nicht allzu gefährlich draußen, nur in der Nacht sollte man das Haus nicht verlassen. Ich würde nicht länger als drei Stunden dafür brauchen. Gil war zwar nicht erfreut, dass ich allein ins Zentrum fahren wollte, ließ mich aber gewähren, vermutlich, weil ihn sein Triumph in der Wohnungsfrage mild stimmte.

53

Als ich ein paar Tage später zu meinem Wohnhaus fuhr und das Lokal im Erdgeschoss, dessen Glasfenster mit Holz verbarrikadiert waren, betrat, wurde es ganz still. Als mich Olav, der hinter der Bar stand, als den Grund der plötzlichen Ruhe ausmachte, vermittelte er der Runde mit einer Handbewegung, dass weitergeredet werden durfte. Er eilte zur Tür und versperrte sie, was ich für etwas übertrieben hielt.

Im hinteren Eck des Lokals saß ein Nachbar, der im ersten Stock wohnte, und prostete mir zu. Die Leute diskutierten weiter. Es ging offenbar um eine von Olavs Kellnerinnen, die beim Schweben abgestürzt war. Olav winkte mich zum Tresen und stellte mir einen Schnaps hin. »Geht aufs Haus«, sagte er, ungewöhnlich für ihn und ungewöhnlich für die Uhrzeit. Ich nahm trotzdem einen kleinen Schluck, es brannte. Ein neues Mädchen, eines, das ich noch nicht kannte, stand hinter dem Tresen und wischte geistesabwesend ein Glas ab; Olav stupste es leicht an und gab ihm zu verstehen, dass es schneller machen sollte. Das Mädchen nahm das nächste Glas, starrte aber weiterhin ins Leere.

Im Lokal schien jeder jemanden zu kennen, der ein Kind verloren hatte.

»Wie kommen eigentlich wir dazu, die Leichen einzusammeln?«, sagte einer, der in einer größeren Runde saß, in den Raum hinein. Seine Kollegen nickten. Sie waren von der Müllabfuhr.

Ich hatte noch nie darüber nachgedacht, wer die Leichen der Jugendlichen, die beim Schweben abgestürzt waren, eigentlich bergen musste, und ich fand es makaber, dass es gerade die Müllmänner … »So als wäre die Jugend Müll«, sagte der Mann, der am Wort war, und vervollständigte meinen Gedanken.

»Wenn sie sich umbringen wollen, sollen sie doch die Siedlung verlassen, wie anständige Menschen«, sagte ein Kollege. Seine Aussage stieß auf Zustimmung. »Sie wollen sich ja gar nicht umbringen«, rief ein anderer hinüber. »Sie überschätzen sich einfach. Diese beschissene Schweberei hat uns gerade noch gefehlt.«

Ein anderer Gast, der nicht zur Gruppe der Müllmänner gehörte und stark betrunken war, erhob seine Stimme: »Immerhin habt ihr noch Arbeit«, lallte er. Drei Müllmänner standen auf einmal auf. »Arbeit«, sagte einer von ihnen, »tote Kinder aus dem Fluss fischen nennst du Arbeit?« »Genug«, sagte Olav scharf. Der Angesprochene und seine beiden Kollegen setzten sich widerwillig hin, der Betrunkene konzentrierte sich schweigend auf sein Glas. Über die Wange des Mädchens hinter der Bar floss einstweilen eine Träne. Sie hatte wohl auch jemanden verloren.

Olav wandte sich an mich: »Willst du noch einen?« Ich lehnte dankend ab. »Ich habe die Tage mal in die Wohnung geschaut, weil du nie da warst; es scheint alles in Schuss zu sein. Aber wenn irgendetwas kaputtgegangen ist, weil es nicht benutzt wurde, dann musst du das selbst bezahlen, nur dass das klar ist.« »Ist klar«, sagte ich.

Ich hatte Olav gegenüber ein richtig schlechtes Gewissen, weil ich ausziehen wollte. Er musste neue Mieter finden, was wegen der Unruhen sicher gerade schwierig bis unmöglich war. Ich suchte nach den richtigen Worten, da sagte er plötzlich: »Hör mal, Sieben«, er nannte alle Mieter bei ihrer Türnummer, »tut mir leid wegen deines kleinen Freunds.« »Hm?«, er hatte mich aus dem Konzept gebracht. »Na, du weißt schon, der nette Bursche, der dich manchmal besucht hat, der verwachsene. Wie hieß er noch gleich?«

»Juri.«

»Beileid!«

Ich öffnete meinen Mund und schloss ihn gleich wieder. Ich öffnete ihn noch mal, aber da kam kein Laut. »Oh«, sagte Olav, weil er begriff, dass ich es noch nicht gewusst hatte.

Juri war tot.

Mir war so schwindelig, dass ich mich am Tresen festhielt.

»Wie …«, brachte ich endlich heraus.

Olav machte eine eigenartige Handbewegung, deren Bedeutung ich aber sofort verstand. Auch Juri war beim Schweben abgestürzt.

»Kann ich etwas …«, versuchte es Olav.

Ich erhob mich abrupt, sagte viel zu laut »Gute Nacht«, obwohl es erst früher Nachmittag war, und lief in meine Wohnung hinauf. Ich legte mich ins Bett und zog mir die Decke über den Kopf.

Wenn ich mit ihm gegangen wäre, wäre das sicher nicht passiert. Juri hätte auch jemanden gebraucht, der auf ihn aufpasst, so wie Emma. Aber ich hatte ihn abgewiesen, immer hatte ich ihn abgewiesen. Jetzt würden ihn irgendwelche Leute verbrennen und in einer wohlgeformten Urne einschließen, die auf einer ebenen Fläche zu stehen kommen würde, nicht einmal auf einer schiefen. Niemand würde mehr eine seiner Tiergeschichten hören, niemand eine seiner Theorien über die Siedlung. Juri war tot.

54

Als ich an der Schwelle von Nacht zu Tag erwachte, dauerte es kurz, bis die Erinnerung und mit ihr der Schmerz einsetzten. Ich schämte mich dafür, wie tief und traumlos ich geschlafen hatte. Immerhin konnte ich nicht mehr einschlafen, also begann ich damit, meine Küche auszuräumen, Teller, Schüsseln, Gläser und Becher aus den Kästchen zu nehmen und auf die Arbeitsfläche zu stellen. Meine Bewegungen waren langsam und automatisch, jeder Gegenstand erinnerte mich an die Zeit, in der ich mit Juri hier hätte glücklich sein können, wenn ich es nur zugelassen hätte. Was für ein sinnloser und verlogener Gedanke – und doch kamen mir die Tränen.

Ich räumte weiter aus, bis ich mich plötzlich fragte, was ich da eigentlich tat. Es brachte rein gar nichts, die Dinge an einen anderen Ort zu stellen.

Ich musste an die frische Luft. Gedankenlos ging ich, wohin mich meine Beine trugen, ab und zu hörte ich in der Ferne etwas scheppern oder knallen, auch Geschrei, aber ich war zu sehr in Gedanken an Juri, um mich vor den Randalierern zu fürchten. Auch vor Gil hatte ich keine Angst. Er würde sicher glauben, dass ich bei Juri übernachtet hatte, und wahrscheinlich würde er mich umbringen, wenn ich nach Hause käme, aber dieses Zuhause schien mir gerade unglaublich weit weg zu sein. Plötzlich baute sich das Schwimmbad in meinem Blickfeld auf. Es hieß mich stehen bleiben.

Anstelle der Tür, die wie die ganze Front des Gebäudes aus Glas gewesen war, klaffte ein Loch. Vorsichtig trat ich hindurch ins Foyer, in dem überall Scherben lagen. Auch das Glas des Kassahäuschens war eingeschlagen. Ich wollte ins Untergeschoss gehen, um zu inspizieren, was sie mit den Becken angestellt hatten, als ich ein Wimmern aus dem Kassahäuschen hörte. Ich eilte zu der kleinen Tür. Sie klemmte, aber es gelang mir, sie aufreißen. Ein Schrei entfuhr Samu, der auf dem Boden kauerte. »Ich bin's, ich bin's, Emma«, sagte ich, um ihn zu beruhigen. Sein Körper bebte, der arme Bursche bekam kaum Luft, aber er erkannte mich endlich. Wie lange er wohl dort ausgeharrt hatte? Ich kniete mich hin und nahm ihn in den Arm. »Samu, was machst du denn hier?«, fragte ich. »Ich habe mich versteckt, als sie gekommen sind …«, antwortete er wie ein kleines verängstigtes Kind. »Komm, steh auf«, sagte ich und zog ihn hoch. Ich lotste ihn zu einer der Bänke, die noch intakt waren, und befreite sie von Scherben. Wir setzten uns, und ich legte meinen Arm um ihn und er seinen Kopf auf meine Schulter. »Meine Güte, wie lange bist du denn schon hier?«, wollte ich wissen, aber da schluchzte er schon: »Was soll ich denn jetzt, was soll ich denn jetzt tun … Alles ist kaputt.« »Ach, das wird schon wieder aufgebaut werden, vielleicht sogar schöner als zuvor«, sagte ich, »vielleicht wird sogar das kleine Becken wieder repariert, hm?« Auch wenn ich absolut nicht an das glaubte, was ich da sagte, versuchte ich ihn abzulenken und aufzumuntern. Es schien ihm zu helfen, zumindest kurz. »Ja?« Er schaute mich hoffnungsvoll an. Doch dann packte ihn die Traurigkeit wieder, dieses Mal nicht aus Selbstmitleid, sondern aus Mitleid mit mir: »Und was machst du ohne Schwimmbad?«, greinte er. »Ach, Samu, ich finde schon etwas anderes, mach dir keine Gedanken um mich.« Dass ich im Moment nicht schwimmen konnte, war wirklich mein geringstes Problem. »Ja, na gut, *du* …«, sagte er, »aber was ist mit deiner Freundin?«, sagte er. »Welche Freundin?« Ich wusste überhaupt nicht, wovon er sprach.

Doch dann traf es mich wie ein Schlag; plötzlich schien sich alles zu verlangsamen. Es fühlte sich an, als würden alle meine Gliedmaßen nacheinander einschlafen. Er sprach von Emma. »Emma?«, sagte er zu mir und riss mich damit aus meiner Starre. Ich packte Samus Kopf mit einer Hand. »Wer ist das, was weißt du über diese Frau?!«, schrie ich ihn an. Er bekam Angst. »Ich, ich …« »Sag mir alles, was du weißt, sofort!« »Ich weiß nichts!« Er machte mich wahnsinnig. »Wann kam sie zum ersten Mal?«, schrie ich lauter. »Ich weiß nicht«, eine dicke Träne rollte über sein rotes Gesicht, »… ist noch nicht so lange her. Sie hat gesagt, dass du ihr gesagt hast, dass sie auch schwimmen kommen könnte. Dann habe ich sie gelassen.« »Was hat sie sonst noch gesagt? Was hat sie über mich gesagt?« »Nichts!«, rief er. »Warum hast du mir das nicht früher erzählt?« Er starrte mich nur entgeistert an. »Warum hätte ich dir das denn, sie ist doch deine Freundin …« »Sie ist nicht meine Freundin«, schrie ich, »findest du das nicht seltsam, dass zwei Frauen ins Schwimmbad kommen, die beide Emma heißen? Bist du dumm?« »Ich bin nicht dumm«, sagte er beleidigt, »außerdem heißt sie doch gar nicht Emma!« »Was?«, schrie ich. »Irgendwas mit I heißt sie.« Er überlegte. »Ines oder Ira … nein, nicht Ira, Iris, genau, Iris.«

Ich realisierte nicht gleich, was dieser Name bedeutete. Ihn zu hören fühlte sich so an, als sähe man jemanden auf der Straße, den man kennt, aber nicht weiß, woher. Ich ließ Samu los, und im selben Moment rastete etwas ein. Ich fuhr hoch, mein Herz schlug so stark, dass ich zusammengebrochen wäre, wäre ich nicht gleich zur Tür gerannt. Ich hörte Samu noch rufen: »Ich bin nicht dumm!«

55

Als ich endlich zu Hause war, stürzte ich mich auf die Schublade, in der ich die Fotos der Frauen, die ich verkörpert hatte, aufbewahrte, aber da war es nicht. Natürlich war es dort nicht. Ich musste es versteckt haben. Irgendwo, wo es mir im Alltag nicht begegnen würde. Es musste in einer Kiste im Keller sein. Ich schnappte mir den Schlüssel und lief die Treppe hinunter.

Jahrelang war ich nicht in meinem Abteil gewesen. Ich sperrte die Tür auf, drehte das Licht auf und war erleichtert, dass es eigentlich ganz gut aufgeräumt, übersichtlich war. Auch standen nur drei Kisten in einem Regal, der Rest des Abteils setzte sich aus alten Möbeln, für die ich keine Verwendung mehr gehabt hatte, zusammen. Ich stapelte die Kisten auf meinen Armen und trug sie in meine Wohnung. In der ersten Kiste, die ich öffnete, befanden sich meine Schulsachen, also schloss ich sie wieder. Die zweite war vielversprechender. Ich erkannte die Zettel, die mir ins Auge fielen, sofort als solche, die ich von meiner Zeit beim Tischler aufbewahrt hatte. Ich drehte die Kiste um und ließ den Inhalt auf den Boden fallen. Während das meiste umgekehrt zu liegen kam, sah ich sie mich schon anstarren, genau so, wie sie mich angestarrt hatte, als sie auf dem Platz gestanden hatte und ich auf der Plattform. Iris, das siebzehnjährige Mädchen, zu dessen Ebenbild mich seine Mutter gemacht, dessen Bruder mich vergewaltigt, mich geschwängert hatte, nachdem er mir das Bild, ihr Bild, in die Hand gedrückt hatte.

Ich wusste, dass die Wahrscheinlichkeit nicht hoch war, dass sie noch in der Wohnung lebte, in der sie damals gelebt hatte, als ich den Brief unter dem Türschlitz durchgeschoben hatte. Und gleichzeitig war ich mir sicher, dass sie dort auf mich gewartet hatte und noch immer wartete. Ich lief aus meiner Wohnung. Ich nahm das Rad. Ich fuhr. Schon stand ich vor dem Haus, ich hätte es blind gefunden, ich wusste auch genau, welche Wohnung es sein musste. Die Haustür war nicht versperrt, ich musste sie nur aufdrücken, alles ging leicht, alles war wie vorbereitet für mich. Schon stand ich vor ihrer Wohnung. Schon klopfte ich. Schon hörte ich Schritte. Schon öffnete sie. Schon stand sie vor mir. Schon sagte sie: »Nadja.«

56

Da war er also. Mein echter Name. Ihn zu hören fühlte sich an wie eine Stichwunde. Ich atmete hastig ein, Iris grinste süffisant und sagte: »Den hast du also auch vergessen.« Sie kannte meinen Namen, weil ich den Brief an sie damals damit unterzeichnet hatte. Ja. Die Erinnerung bahnte sich nun langsam einen Weg vom Verschwommenen ins Scharfe. Ich sah mich an einem Tisch sitzen, den ich selbst gebaut hatte – wo war dieser Tisch heute? –, und meinen Namen unter den Brief setzen. Ich spürte das große N, dann das a, das d, den Schwung des j und wieder das a in den zitternden Fingern.

Oft hatte ich mir vorgestellt, wie es sich anfühlen würde, diesen Namen, den ich für immer verloren geglaubt hatte, zurückzubekommen. Wie er mich noch in derselben Sekunde völlig verwandeln würde, zurückverwandeln in die Person, die ich eigentlich war. Aber außer, dass er sich genauso vertraut und richtig anfühlte wie unpassend und falsch, eröffnete er mir nichts. Er war kein Schlüssel. Und wenn er einer war, schien es an mir kein Schloss für ihn zu geben.

Iris ließ mich eintreten. Im Inneren der Wohnung sah noch alles genau so aus wie vor all den Jahren, als ich noch von der Feuerleiter gegenüber aus mit dem Fernglas in sie hineingeschaut hatte. Ein Wäscheständer stand mitten im Zimmer, und darauf hing die frisch gewaschene Latzhose, deren Verschwinden mich so aufgeregt hatte, deren Verschwinden mich glauben lassen hatte, dass Dinge tatsächlich einfach verschwinden können. Ihre dreiste Anwesenheit schnürte mir die Kehle zu. Sie hatte die Hose gestohlen! Sie hatte mich wahnsinnig machen wollen! Sie bemerkte, wie ich das Kleidungsstück anstarrte, und wollte schon etwas sagen, da wurde ich so wütend, dass ich Iris schubste. »Schlagen wir uns jetzt? Das ist ja herrlich«, rief sie erstaunt, dann lachte sie auf, bis sie ihr Gesicht in ihren Händen vergrub und ich nicht wusste, ob ihr Glucksen noch ein Lachen oder schon ein Weinen war. Doch als sie die Hände vom Gesicht nahm, war ihr Blick leer, und ich merkte, dass ich es war, die weinte, dass mir warme Tränen über die Wangen liefen. Sie sah mich an. Ich wischte mir die Tränen aus den Augen, und ich sah sie endlich richtig. Tatsächlich sahen wir einander ähnlich. Dieselbe Größe, dieselbe leicht herzförmige Gesichtsform, derselbe Schwung in den Augenbrauen, dieselbe charakterlose Nase, die schmalen Lippen. Vor allem aber glichen wir uns darin, wie sehr wir der Frau auf den Fotos, der Frau aus den Videos, Gils Frau, wie sehr wir Emma nicht glichen. Wie konnte ich je nur für eine Sekunde geglaubt haben, dass es Emma war, die ich auf der Plattform gesehen hatte? Wie konnte ich Iris dermaßen verdrängt haben?

57

Noch bevor ich sie fragen konnte, was das alles zu bedeuten hatte, sagte sie: »Wir waren Freundinnen, Emma und ich, oder zumindest so etwas Ähnliches.« Sie gestikulierte Richtung Bett, wo ich ohne Widerrede Platz nahm, während sie sich auf den Boden setzte. Es war fast wie damals, als Gil und ich uns zum ersten Mal auf den weichen Sofas gegenübersaßen und er mir erzählte, wie Emma eines Tages plötzlich in seinem Haus gestanden hatte. Auch Iris sollte Jahre später von Emma heimgesucht werden, aber das erfuhr ich erst im Laufe ihrer Erzählung, denn auch sie ging, so wie Gil es getan hatte, chronologisch vor, sprach langsam und konzentriert. Und sie begann dabei, wie sie einander kennengelernt hatten, Emma und sie.

Es war der Sommer, nachdem sie beide die Schule abgeschlossen hatten, ein Sommer so sonnig und unbeschwert, wie man ihn sich wünscht. Emma und Iris waren in unterschiedlichen Schulen gewesen, aber da sich die Freundeskreise der beiden Mädchen überschnitten, lernten sie einander beim Herumlungern auf den Brücken kennen. Iris' erster Eindruck von Emma deckte sich mit dem von Gil, nur, dass sie andere Worte dafür wählte: Sie fand Emma arrogant, und auch wenn sie das nicht störte, sie das sogar ein bisschen bewunderte, hatte Iris keine großen Ambitionen, Emma besser kennenzulernen. Als Emma ihre Ausbildung anfing und nur noch selten zu den Brücken kam, fiel es Iris kaum auf. Erst Jahre später trafen sie einander zufällig wieder – beide gerade auf dem Weg zur Arbeit, beide in Eile. Iris erkannte Emma gar nicht gleich, weil sie sich so stark verändert hatte: Diese beneidenswerte

Präsenz, das Selbstbewusstsein, das sie als Jugendliche ausgestrahlt hatte, war völlig aus ihr gewichen. Sie wirkte eingefallen und entfremdet, in Gedanken woanders. Iris dachte danach viel an dieses eigenartige Wiedersehen. Sie erkundigte sich sogar bei gemeinsamen Bekannten nach Emma, aber niemand aus den Jugendtagen schien noch Kontakt zu ihr zu haben. Sie hörte nur, dass Emma geheiratet haben sollte, was sie zuerst gar nicht glauben konnte. Ehe. Das passte gar nicht zu dem Bild, das Iris von Emma gehabt hatte. Als Jugendliche hatte sie immer so gewirkt, als würde sie niemanden brauchen. Nachdem Iris ein paar Tage intensiv an Emma und daran, was wohl der Grund ihrer Veränderung war, gedacht hatte, verschwand sie nach und nach wieder aus ihrer Welt. Es vergingen wieder zwei, zweieinhalb Jahre, bis »sie einfach vor meiner Tür stand. Sie wartete gar nicht darauf, dass ich sie hereinbat, sie schob sich an mir vorbei, wirkte ziemlich verwirrt und hektisch. Immer wieder sagte sie, dass sie es nicht mehr aushalten würde, dass sie wegmüsste. Ich fragte sie natürlich, was sie denn damit meinte, aber das konnte oder wollte sie nicht beantworten.«

»Was hast du gemacht?«, fragte ich.

»Nichts. Es war eisig draußen, und sie wirkte, als wäre sie lange in der Kälte herumgeirrt, bevor sie zu mir gekommen war. Ihre Hände waren ganz blau. Also habe ich ihr eine Wärmflasche gemacht und sie in eine Decke gewickelt. Und irgendwann hat sie sich beruhigt. Dann sagte sie nur, dass es wirklich schön war, mich zu sehen, lächelte mich ganz seltsam an und ging. Ich wusste nicht, ob ich mehr Angst vor ihr als um sie haben sollte.«

Es dauerte keine Woche, bis Iris Emma und Gil auf einem

Markt traf. Als Iris die beiden grüßte, stand Emma die Panik dermaßen ins Gesicht geschrieben, dass Iris sofort wusste, dass sie über ihren Besuch schweigen sollte. Also tat sie vor Gil so, als hätten sie einander das letzte Mal vor Ewigkeiten gesehen. Gil war begeistert, endlich eine von Emmas Freundinnen von früher kennenzulernen, und lud Iris sofort zum Essen ein. Iris wollte die Einladung ausschlagen, aber Gil bestand mit Nachdruck darauf, mit so viel Nachdruck, dass es fast unangenehm war. Iris glaubte zu verstehen, was hier vorging: Wahrscheinlich war Emma in einer unglücklichen Ehe gefangen. Wahrscheinlich war er es, den sie nicht mehr aushielt. Iris hatte zwar keine Lust, in diese Angelegenheit hineingezogen zu werden, trotzdem fühlte sie sich irgendwie verpflichtet. Also kam sie. Und sie kam wieder. Und wieder. Bald schon wurde sie Teil dieser Beziehung, Vermittlerin zwischen den beiden. Sie verstand sehr schnell, dass es zwischen Emma und Gil nicht so schwarz und weiß war, wie sie zuerst gedacht hatte. Er war nicht böse und sie gut, er nicht Täter und sie Opfer – zumindest nicht nur und nicht immer. Und obwohl es zahllose Probleme in dieser Ehe gab, war es nicht sie, in der sich Emma wie eine Gefangene fühlte, sondern die Siedlung. So ekelhaft sich Gil gegenüber Emma sogar in Anwesenheit von Iris manchmal benahm, er sah eine Verbündete in ihr. »Du musst ihr das ausreden«, sagte er immer wieder, und Iris versuchte es. Aber auch für Iris war es schwer, Emma in ihrer Absicht wirklich ernst zu nehmen. Dass sie die Siedlung wirklich verlassen würde, konnte sich Iris nicht vorstellen. Eines Tages fragte Emma sie, ob sie sich um Gil kümmern würde, wenn sie dann weg wäre. »›Jaja‹, sagte ich, ›wenn du das möchtest.‹ Und dann war sie weg.« Iris schaute verschämt zu Boden, obwohl sie sicherlich wusste, dass es wohl kaum in ihrer Verantwortung gelegen hatte, Emma aufzuhalten.

58

Gil ging es elend. Als hätte sich diese dunkle Getriebenheit, die auf Emma gelegen hatte, im Moment ihres Weggehens einen neuen Wirt gesucht und sich in ihm niedergelassen. In der ersten Zeit fiel es Iris manchmal schwer, nach ihm zu sehen. Sie war sich nicht sicher, in welchem Zustand sie ihn dann antreffen würde: lebend oder tot. Er konnte nicht ohne Emma sein, das war das Einzige, was er sagte, immer wieder sagte. Iris wusste, dass er nach ein paar Monaten versucht hatte, sich mit anderen Frauen zu treffen, aber das hatte ihn nur noch mehr verzweifeln lassen. Es schien zu beweisen, was er ohnehin wusste: dass er nur sie wollte, keine andere. Iris reduzierte ihre Besuche mit der Zeit. Sie zehrten an ihr, weil sie selbst ein schlechtes Gewissen hatte, nicht mehr für Emma getan zu haben, und weil Gil zu betreuen eine undankbare Aufgabe war. Doch als er einmal, als sie sich dann doch wieder aufgerafft hatte, ihn zu sehen, in besserer Stimmung war, wusste Iris sofort, dass etwas passiert sein musste. Sie hatte ein mulmiges Gefühl. Sie fragte, was los sei, und seine ausweichenden Antworten bestätigten ihr, dass er im Begriff war, etwas Dummes zu tun, wenn er es nicht schon getan hatte. Sein Verhalten beschäftigte Iris, also beschloss sie, möglichst bald wiederzukommen, natürlich ohne sich anzukündigen. Sie wollte ihn bei etwas ertappen, von dem sie selbst nicht wusste, was es war. Er begriff natürlich sofort, dass sie ihn mit ihrem Besuch kontrollieren wollte, denn mit Kontrolle kannte er sich aus, ließ es sich aber nicht anmerken. Stattdessen bedankte er sich überschwänglich bei Iris dafür, wie gut sie sich um ihn gekümmert hatte. Er sagte, dass er schon viel zu viel ihrer Zeit beansprucht hatte, dass Emma das sicher nicht so von ihrer Freundin verlangt haben würde, dass er es ihr nicht vergelten könnte … Er redete, als würde er ihr kündigen. »Natürlich ließ ich mir das nicht gefallen, und wir begannen zu streiten. Ich wusste, dass es da noch etwas gab, das er mir nicht sagte, na ja, und irgendwann gab er es dann zu: dass er jemanden gefunden hatte, der Emma ersetzen könnte. Dass es eine Frau gab, die das professionell anbot.«

Ich traute mich nicht, Iris in die Augen zu schauen.

»Wusstest du in diesem Moment schon, dass ich es bin?«, fragte ich leise.

»Nein, nicht sofort. Aber je mehr ich darüber nachdachte, was das für ein Mensch ist, der das freiwillig macht, jemanden ersetzen … na ja, da hatte ich schon einen Verdacht.«

Ich wollte mich rechtfertigen. Ich wollte sagen, dass ich das ursprünglich gar nicht gewollt hatte, dass es nicht meine Idee war. Sie wusste doch, dass es die Schuld ihrer Familie war, die mich benutzt hatte, die mich in diese Rolle gedrängt hatte. Und als ich schon den Mund öffnete, unterbrach sie mich: »Weißt du«, sagte sie, »ich habe ich mich schon gefragt, warum du so gern eine andere sein willst. Zuerst dachte ich, du tust es, weil du nicht weißt, wer du bist. Aber mittlerweile glaube ich, das Gegenteil ist der Fall. Du weißt ganz genau, wer du bist. Und diese Person hältst du nicht aus, oder? Du erträgst dich nicht.«

59

Als ich aufwachte, wusste ich zuerst nicht, wo ich mich befand. Dann sah ich Iris am Boden liegen, ich lag auf ihrem Bett. Wir konnten nicht lang geschlafen haben, vielleicht eine oder zwei Stunden. Den Großteil der Nacht hatte sie geredet, und ich hatte zugehört. Sie öffnete die Augen und gähnte. Sie schaute zu mir hoch und ich zu ihr hinunter.

»Begegnungen«, sagte sie noch schlaftrunken, »Was ist das überhaupt für ein bescheuerter Name?« Dann stand sie auf und machte Kaffee. Wir tranken ihn schweigend.

Sie suchte mir etwas Warmes zum Drüberziehen heraus und sagte, sie würde mich nach Hause begleiten. Es musste noch kälter sein als damals, als Emma Iris zu Hause überfiel. Die Siedlung war wie ausgestorben. Noch schliefen die Randalierer und mit ihnen die Gewalt. Wir gingen langsam nebeneinanderher.

»Glaubst du, dass Emma es an einen anderen Ort geschafft hat? Dass sie noch lebt?«, fragte ich.

»Ich habe mich das auch oft gefragt. Aber ich … ich weiß es einfach nicht«, antwortete sie.

»Und dass es zu Ende geht, hier, glaubst du das?«, fragte ich.

Es donnerte, wie bestellt. Ich schaute in den weißen Himmel hinauf. »Wir sollten uns beeilen«, sagte Iris. Aber keine von uns bewegte sich. »Du kannst es, oder?«, fragte sie. »Was kann ich?« Sie machte eine ähnliche Handbewegung wie Olav, als er mir von Juris Absturz berichtet hatte. Schweben. Sollte ich zugeben, dass ich es nie versucht hatte, nicht einmal darüber nachgedacht hatte, es zu versuchen? »Dann versuch es jetzt«, sagte

Iris, die mich viel zu gut lesen konnte, »stell dir einfach vor, wie du abhebst.«

Ich schloss die Augen. Ich hatte mir beim Radfahren so oft vorgestellt abzuheben, und jetzt wollte es mir nicht gelingen. Ich bewegte mich keinen Millimeter. Ich ballte die Fäuste. »Nein, nein«, sagte sie, »viel zu verkrampft, Nadja, immer so verkrampft.« »Schweb du doch!«, sagte ich. »Ich kann es nicht«, sagte sie. Ein dicker Tropfen landete auf meiner Stirn. »Komm schon, versuch es noch mal«, sagte sie.

Sie stellte sich hinter mich, schmiegte sich eng an mich, und sobald sie mich umfasst hatte, fühlte sie sich nicht mehr an wie ein eigener Mensch, sondern als wäre sie ein Teil von mir, als hätte ich vor langer Zeit einen Arm verloren, der nun wieder in mich hineingeschraubt worden war. »Lockerlassen«, sagte sie ganz sanft.

Wir lösten uns langsam vom Boden. Ich spürte ihr Gewicht nicht, meines auch nicht, wir waren schwerelos, und der Regen prasselte auf uns nieder. Dann sanken wir langsam wieder hinunter. Sie löste ihre Umarmung. Ich drehte mich zu ihr um, wir waren einander ganz nah. Sie sah zufrieden aus, fast stolz.

»Nadja«, sagte sie zärtlich, und nun hörte sich mein Name fast schön an, »damals, als ich den Brief gelesen habe …«, sie schüttelte den Kopf, »natürlich hat es mir wehgetan, keine Frage.« Sie machte eine Pause, dann sah sie mir in die Augen, »aber mehr als weh- hat es mir leidgetan. Du hast mir unfassbar leidgetan. Aron, meine ganze Familie … was sie mit dir gemacht haben …«

Es begann unter meiner Haut zu kribbeln, die Tränen brachen aus mir heraus, als wollten sie dem Regen Konkurrenz machen. »Mir tut es leid, dass ich dich ersetzt habe«, sagte ich. »Ich weiß, aber du kannst das eben so gut«, gurrte sie mit einer leichten Ironie in der Stimme, und ich musste lachen.

Sie fasste mir an die Wange, wie Juri es bei seinem Abschied getan hatte, und ich ihr an ihre. Auch das hier war ein Abschied, wir würden einander nicht mehr sehen. Und so verharrten wir noch kurz in diesem Moment, der anderen ein Spiegelbild.

60

Völlig durchnässt kam ich nach Hause. Ich wollte heiß duschen, aber das Wasser erhitzte sich nicht, eiskalt und leicht bräunlich schoss es aus der Leitung. Zitternd stand ich in der Dusche, bevor ich mich abtrocknete und mir mehrere Schichten Kleidung anzog. Ich hatte kein Holz mehr, und da ich so lang nicht in der Wohnung gewesen war, war auch sie eiskalt. Ich holte alle Decken, die ich besaß, und legte mich ins Bett. Ich hoffte, dass ich einschlafen würde.

Als ich von einem Lärm, den ich zuerst nicht benennen konnte, aufwachte, war es draußen bereits dunkel. Ich hatte den ganzen Tag verschlafen. Ich torkelte aus dem Bett, schlüpfte in meine Schuhe und ging auf den Gang. Ein Fenster war zerborsten, zwei Nachbarn waren dabei, die Scherben aufzukehren, das Fenster hatten sie bereits abgedichtet. Mein erster Gedanke war, dass die Randalierer wohl Steine … aber dann sah ich etwas am Boden liegen, das nicht aussah wie ein Stein. Ich bückte mich und nahm eines der Geschosse in die Hand, es begann zu schmelzen. Es war ein faustgroßes Hagelkorn, der Lärm war Hagel.

Ich ging runter in die Bar. Olav hatte ein Feuer gemacht, und es rauchte schrecklich, als hätte er das nasse Holz direkt aus dem Sturm geholt, aber wenigstens war es warm. Es waren nicht viele Leute da, nur zwei Stammgäste und zwei weitere, die sich in der Gegend aufgehalten haben mussten, als der Regen zu Hagel geworden war. Ich setzte mich zu Olav an den Tresen. Er stellte mir ein Glas hin und schenkte einen Zentimeter brauner Flüssigkeit ein. Ich ließ das Hagelkorn, das ich noch immer in der Hand hielt, in das Glas gleiten. Unsere Blicke trafen sich.

»Wie lange geht das schon?«, flüsterte ich. Erst jetzt fiel mir auf, dass die wenigen Gäste in der Bar nicht miteinander sprachen, als würde erst das Benennen von etwas es in die Welt holen. Solange man schwieg, gäbe es Hoffnung, dass nicht passieren würde, was eigentlich schon passiert war.

»Zu lange«, sagte Olav.

Die Schäden würden unfassbar sein, die Ernte dieses Jahr zu vergessen. Wieder zu vergessen, denn war sie das nicht schon in den letzten Jahren gewesen? Mir fiel der ältere Mann mit dem Kohl ein, der beim Einkaufen bei Radan gesagt hatte, dass die Waren von draußen kämen. Plötzlich erschien mir das nur logisch. War in den letzten Jahren nicht immer mehr von draußen importiert worden und immer mehr Holz dafür im Austausch exportiert worden? Was würden wir denn jetzt exportieren, wenn dieser Hagel, dieser für diese Jahreszeit so untypische Hagel, den Wald zerstört haben würde? Die Vorräte, die die Siedlung noch hatte, könnten doch nicht ansatzweise reichen, bis man den Wald wieder aufgeforstet haben würde.

War es das gewesen, was Juri und Emma kommen gesehen hatten? War das das Ende der Siedlung, von dem sie gesprochen hatten?

61

Am nächsten Morgen schien die Sonne. Von meinem Fenster im zweiten Stock aus sah es aus wie eine ebene Eisfläche, aber hätte ich sie aus der Nähe betrachtet, hätte ich gesehen, dass sie alles andere als gleichmäßig war. Die Hagelkörner waren so groß gewesen, dass sie selbst, als es zu tauen begann und sie miteinander verschmolzen, noch immer etwas von ihrer Kugelform behielten, lauter aneinandergereihte Noppen. Früher oder später würden sie ihre Rundungen verlieren. Das Eis würde schmelzen. Der Boden würde die so entstandenen Wassermengen nicht aufnehmen können. Der Fluss würde aus seinem Bett treten und für Überschwemmungen sorgen, die zu den Schäden, die der Hagel angerichtet hatte, dazukommen würden. Immerhin würden die Randale enden: Wer tags zuvor noch Scheiben eingeschlagen hatte, würde mit Schaufeln knietief im Schlamm stehen und zu retten versuchen, was zu retten war.

Noch war es aber nicht so weit, noch starrte ich in das gleißende Eis; es schmerzte in den Augen.

Plötzlich fiel mir auf, dass etwas fehlte.

Ein Teil von Iris' Geschichte fehlte. Sie hatte nicht erzählt, warum Gil und sie sich an dem Tag, als ich sie auf der Plattform gesehen hatte, getroffen hatten. Warum sie gestritten hatten.

Und nicht nur das. Warum hatte sie die Latzhose aus dem Haus gestohlen? Warum war sie ins Schwimmbad gekommen, warum hatte sie Samu erzählt, dass sie eine Freundin von mir sei?

Sie wollte, dass ich sie finde. Sie wollte, dass ich mich an sie erinnere.

Ich zog mich an und ging Richtung Wald. Die Bäume waren schwer mitgenommen. Ich sah ihre Wunden, die Schäden an den Nadeln, die abgeschlagenen Triebe. Und ich sah all das reflektiert in den Blicken der Menschen, die bereits gekommen waren, um aufzuräumen. Immer noch schienen sie zu glauben, dass es irgendwie weitergehen würde, weil es das müsste. Dass Lösungen gefunden werden würden. Und vielleicht würden sie es wirklich, vielleicht würde Hilfe aus anderen Siedlungen kommen, vielleicht würde alles wiederaufgebaut werden.

Ich glaubte nicht daran.

Ich ging weiter, bis da keine Menschen mehr waren. Es konnte ja nicht mehr weit sein. Ich begann zu laufen, zu rennen, schneller und schneller. Die Umgebung verschwamm, und meine Augen tränten, und trotzdem sah ich ihn endlich aus der Ferne, den weißen Streifen, die Grenze. Ich beschleunigte noch einmal, setzte zu einem Sprung an und schloss die Augen.

Und schon war ich in der Luft und stieg und stieg, bis ich den höchsten Punkt erreicht hatte. Aber anstatt zu fallen, blieb ich stehen. Ich atmete die kalte Luft ein, und plötzlich war ich ganz ruhig. Dann stieg ich langsam weiter hinauf, höher und höher. Ich öffnete die Augen und sah den Wald unter mir und in einiger Entfernung auch die Menschen, an denen ich vorbeigekommen war. Bald schon sahen sie aus wie Ameisen oder Ameisenspinnen.

Ich wusste, dass es nicht so sein würde, wie ich es den Buben erzählt hatte. Zwar würde ich immer weiter aufsteigen, aber ich würde nicht erfrieren und dann vom Himmel fallen wie ein Hagelkorn. Nein, der Wind würde mich langsam in die Richtung einer anderen Siedlung tragen. Über ihr würde ich im selben Tempo absinken, wie ich aufgestiegen war. Ich würde sachte landen. Niemand würde mir Gewalt antun oder mich behelligen. Und dann würde ich in eine neue Rolle schlüpfen. Ich würde als die Frau leben, die ich mir aussuchen würde zu sein.

Nachspiel: Draußen

Hector saß so viele Stunden in seinem Lastwagen, dass er sich bereits bis ins letzte Detail ausgemalt hatte, wie es in den Siedlungen, zwischen denen er hin- und herfuhr, aussah. Darüber vergaß er manchmal, wie es in seiner eigenen Siedlung aussah, wie seine Frau und seine Tochter aussahen. Wenn er dann zurück nach Hause kam und die beiden im Arm hielt, war er sich für den Bruchteil einer Sekunde gar nicht sicher, ob das überhaupt seine Familie war. Es half nicht, dass die Krankheit das Kind jedes Mal noch magerer, noch ausgezehrter aussehen ließ.

Hector erfuhr immer erst kurz vor Antritt einer Fahrt, die ihn tagelang, manchmal wochenlang auf den Straßen halten würde, wohin es ging. Jedes Mal hoffte er, es wäre die Siedlung, die die Medikamente herstellte, von denen er sich leicht etwas abzweigen konnte, solange er dabei nicht übermütig wurde. Er hatte Techniken entwickelt, unbemerkt ein paar Schachteln zu entwenden, die Blister aus den Packungen zu nehmen und sie sich auf eine Weise an den Körper zu kleben, dass sie den müden Kontrolleuren beim Abtasten nicht auffielen. Am schwierigsten war es, seine Klauerei vor Han, seinem unfassbar neugierigen Beifahrer, zu verbergen. Ständig tauschte Han irgendwelche Gerüchte mit anderen Fahrern aus, die sie aufgeschnappt hatten oder schlichtweg erfanden, immer wollte er etwas wissen, was andere nicht wussten, nur um es dann bei der ersten Gelegenheit ungefragt bei Menschen wie Hector zu deponieren, die einfach nur ihre Arbeit machen wollten. Hans Fahrlässigkeit würde ihn noch teuer zu stehen kommen, dachte

Hector. Gerade schlief Han am Beifahrersitz, obwohl er eigentlich navigieren sollte.

Dieses Mal ging es nicht in die Siedlung, die die Medikamente herstellte, sondern zu einer von den Siedlungen, die Holz exportierten. Hector bekam immer ein wohliges Gefühl, wenn er sich vorstellte, wie die Menschen dort in Baumhäusern lebten, dass sie hölzerne Laute von sich gaben und dass sie sogar aussahen wie geschnitzt, geschnitzte Wilde, die in Einklang mit der Natur lebten. Natürlich wusste Hector, dass diese Fantasie völliger Unfug war, aber sie bereitete ihm nun mal Freude. Er war ganz froh, dass er nie einen aus den anderen Siedlungen sehen würde und ihm die langweilige Wahrheit, dass die Leute in den anderen Siedlungen im Grunde genommen genau so aussahen wie Hector und Han, wie ganz normale Menschen eben, erspart bliebe.

Es war so eingerichtet worden, dass man einander nicht einmal am Stützpunkt begegnen konnte, der Austausch der Waren verlief kontaktlos. Manchmal dauerte allein die Arbeit des Ent- und Beladens zwei ganze Tage, aber heute würde es schneller gehen. Der Konvoi, den Hector und Han anführten, bestand nur aus drei Lastwägen. Hector hatte schon lange aufgehört, in Frage zu stellen, ob die Entscheidungen bezüglich der Routen und der Liefermengen, die von Menschen getroffen wurde, die er nicht kannte und nie kennen würde, irgendeinen Sinn ergaben. Er wusste nur, dass er sich Geld ausborgen musste, um die Tabletten für seine Tochter legal zu kaufen, wenn er nicht sehr bald zur Medikamenten-Siedlung geschickt würde. Und er hatte keine Idee, von wem.

»Wieso hast du mich nicht aufgeweckt?«, unterbrach Han,

der gerade wach geworden war, Hectors Gedanken. Er schaute auf die Uhr und gähnte, »ich sollte doch schon seit zwei Stunden fahren.« »Ich bin nicht müde«, sagte Hector. Han orientierte sich auf der Karte, die er sich auf den Schoß zog, schaute aus dem Fenster, schaute nochmals auf die Uhr. »Na bitte, du bist am richtigen Weg und in der Zeit, Großer, du brauchst mich ja gar nicht!« »Exakt«, dachte Hector. Er war nicht größer als Han. Der Morgen graute bereits, in einer Stunde, pünktlich um sechs, wären sie da, ein Fahrerwechsel würde sich nicht mehr auszahlen. »Genieß es«, sagte Han, »vielleicht fahren wir die Strecke zum letzten Mal.« Hector ahnte, dass ihm Han jetzt wieder eines seiner Gerüchte brühwarm auftischen würde. »Ich habe gehört«, fing Han an – die Hälfte der Geschichten, die Han erzählte, fingen so an –, »dass sie in der Siedlung« – er zeigte in die Richtung, in die sie fuhren – »bald kein Holz mehr haben.« Hector verdrehte die Augen, und Han bemerkte es. »Ja, du sagst jetzt wieder, dass das nur ein Gerücht ist, aber erinnere dich mal. Früher mussten wir ihnen keine Lebensmittel bringen, und wenn, dann nur spezielles Zeug. Die konnten ihre Sachen selbst anbauen. Findest du es wirklich so unwahrscheinlich, dass sie jetzt auch kein Holz mehr haben? Wenn dort sonst nichts mehr wächst, warum sollten es dann die Bäume tun. Irgendetwas stimmt doch mit dieser Siedlung nicht.« Hector ärgerte sich, dass er Hans Argumente nachvollziehen konnte, es klang ja nicht unlogisch, was er sagte. Aber meistens stellte es sich trotzdem später als falsch heraus. »Jedenfalls kenne ich jemanden« – so begann die andere Hälfte von Hans Sätzen –, »der jemanden von der Routenplanung kennt, und der hat gesagt, dass die bald fliegen.« »Mhm«, sagte Hector, dem einige Einwände eingefallen wären. Nur weil die Siedlung von ihrer Route genommen wurde, bedeutete das zum Beispiel nicht, dass nicht andere Fahrer dafür zuständig wären. Immerhin wurden die Zuständigkeiten laufend geändert. Als hätte Han diesen unausgesprochenen Einwand gehört, setzte er nach: »Ganz gestrichen!« Hector hatte zwar auch schon von anderen Kollegen gehört, dass manche Siedlungen abgeschnitten wurden, wenn sie nichts Tauschbares mehr liefern konnten, und dass man nur wenige Einwohner, die brauchbare Fähigkeiten hatten wie zum Beispiel Ärzte, evakuierte und die anderen ihrem Schicksal überließ, aber er konnte und wollte sich einfach nicht vorstellen, dass das wahr war.

Er sah bereits den Wald in einiger Entfernung, die Grenze verlief genau dort, wo sie auf der Karte eingezeichnet war, und er sah aus wie immer, keine Spur davon, dass es dort auf einmal kein Holz mehr geben sollte. Da ärgerte er sich gleich noch einmal mehr, dass er dem, was Han erzählt hatte, überhaupt einen Funken Aufmerksamkeit geschenkt hatte. Han schlüpfte bereits in seine Jacke, da brachte Hector den Lastwagen nur wenige hundert Meter vor dem Stützpunkt abrupt zum Stehen. Der nicht mehr angeschnallte Han, den es vorschleuderte, schrie: »Bist du verrückt, was ist denn mit dir los?« Hector schwieg, nahm sein Fernglas und schaute lange hindurch, bevor er es seinem Beifahrer langsam reichte. »Das darf doch nicht …«, flüsterte Han.

Es hämmerte ans Führerhaus. Hector erkannte Toma, den Fahrer des Lastwagens hinter ihnen, dessen Armbewegungen fragten, warum man so kurz vorm Ziel halte. Hector und Han stiegen aus, gaben dem Kollegen das Fernglas und zeigten auf einen Punkt im Himmel. »Das darf doch nicht …«, sagte Toma. Auch die anderen drei, die Beifahrerin des zweiten Lastwagens und die Fahrerin und die Beifahrerin des dritten Lastwagens, liefen nun mit erschrockenen Gesichtern herbei. Sie hielten ihre Ferngläser in den Händen, wussten also schon Bescheid. Nachdem sie sich durch Blicke gegenseitig versichert hatten, dass alle dasselbe gesehen hatten, berieten sie, ob sie sofort umkehren und berichten sollten, was sie gesehen hatten, oder ob sie zuerst die Arbeit erledigen und dann berichten sollten, oder ob sie die Arbeit erledigen und lieber nicht berichten sollten, weil ihnen ohnehin niemand glauben würde. Sie setzten die Ferngläser wieder an die Augen und hatten kurz Probleme, die Frau – es war eine Frau – auszumachen. Dann aber sahen sie sie doch noch. Sie war bereits zu einem kleinen Punkt geworden, der noch weiter aufgestiegen war und in Richtung Süden trieb, bald würden sie ihn gar nicht mehr sehen können. Die sechs schwiegen betreten.

Es war Dora, die Fahrerin des dritten Lastwagens, die als Erste das Wort ergriff. »Vielleicht war es nur … so eine Art Luftballon in Form einer Frau«, sagte sie. »Ja, ein Luftballon in Menschenform, das soll vorkommen«, sagte Toma. Zustimmendes Nicken. »Eigentlich hat es gar nicht wirklich nach einem Menschen ausgesehen«, sagte Tomas Beifahrerin nach einiger Zeit, »wahrscheinlich war es nur ein sehr großer Luftballon.« »Ja«, sagten alle, »ja, genau.« Es dauerte nicht lange, bis sie ihre Lastwägen in Richtung des Tauschpunkts in Bewegung setzten, gedanklich damit beschäftigt, einen Luftballon gesehen zu haben und gleichzeitig zu vergessen, einen Luftballon gesehen zu haben.

Doch bereits am Stützpunkt erlebten sie die nächste Überraschung. In der Halle, in der die Siedlungsbewohner normalerweise das Holz deponierten, befand sich nichts. Hector und die anderen berieten, ob sie die Lebensmittel trotzdem dalassen sollten; niemand hatte sie für den Fall instruiert, dass es einmal keine Tauschware geben könnte. Zusammen kamen sie aber recht schnell zu der Entscheidung, dass sie die Lebensmittel wieder mitnehmen würden. In der Zentrale stellte sich später heraus, dass das die richtige Entscheidung gewesen war. Der Vorgesetzte, dem sie berichteten, dass es kein Holz gegeben hatte, notierte das und stellte keine weiteren Fragen.

Als Hector dieses Mal nach Hause kam, traute er sich kaum, seine Frau anzusehen, sie würde sofort wissen, dass etwas anders war als sonst. Trotz seiner Bemühungen fragte sie ihn gleich am nächsten Tag, warum er sich so eigenartig benehme. »Tu ich doch gar nicht«, sagte er und freute sich fast, dass er gleich die nächste Tour fahren musste, denn er war nicht besonders gut darin, seiner Frau etwas zu verheimlichen. Hector hatte Glück, denn die Fahrt ging zur Siedlung mit den Medikamenten. Er schaffte es, sich dieses Mal besonders gut einzudecken, ohne dabei erwischt zu werden. Überhaupt ging es bergauf für Hector. Bald schon erhielt er eine Gehaltserhöhung, er würde sich die Medikamente also in Zukunft auch legal leisten können. Die Erinnerung daran, was bei der Siedlung mit dem Holz passiert war, verblich immer mehr. Als Hector zwei Monate später zufällig erfuhr, dass sie von der Route genommen worden war, konnte er sich schon gar nicht mehr richtig erklären, warum ihn das so erleichterte.

Danke

Matthias Dusini

Petra Eggers

Patrick Kappacher (ista quidem vis est)

Johanna Pichlbauer

Stefan Reiterer

Bettina Wörgötter

Irina Zelewitz

Barbara Zeman